안녕, 바이칼털

이주현 지음

안녕, 바이칼틸

발행일 초판 1쇄 2020년 8월 5일
초판 3쇄 2021년 11월 10일
지은이 이주현
편집 김유민
디자인 이진미
펴낸이 김경미
펴낸곳 숨쉬는책공장
등록번호 제2018-000085호
주소 서울시 은평구 갈현로25길 5-10 A동 201호(03324)
전화 070-8833-3170 팩스 02-3144-3109
전자우편 sumbook2014@gmail.com
페이스북 / soombook2014 트위터 @soombook

값 12,000원 | ISBN 979-11-86452-70-7
잘못된 책은 구입한 서점에서 바꿔 드립니다.
이 도서의 국립중앙도서관 출판예정도서목록(CIP)은
서지정보유통지원시스템 홈페이지(http://seoji.nl.go.kr)와
국가자료종합목록 구축시스템(http://kolis-net.nl.go.kr)에서
이용하실 수 있습니다. (CIP제어번호 : CIP2020029592)

숨쉬는책공장 청소년 문학 시리즈는 청소년을 중심으로 너와 나,
우리가 건강하고 행복하게 숨 쉴 수 있는 세상을 꿈꾸고 만들어 가는 문학 작품을 담아냅니다.

숨쉬는책공장 청소년 문학 2

안녕, 바이칼털

이주현 지음

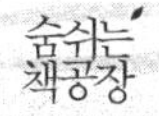

차례

1. 호송 열차 406호실

사방은 풀 한 포기 보이지 않는 허허벌판이었다. 엉덩이에 얼음물을 끼얹은 듯 바람이 차가웠다. 출발 신호가 울려 나는 배변을 시원스럽게 하지 못한 채 일어섰다. 끝이 보이지 않는 기차 레일이 암담하게만 보였다. 돼지우리 같은 열차 안으로 다시 들어가자니 헛구역질이 나고 머리가 지끈거렸다.

이삼일 걸릴 거라던 열차는 열흘이 넘도록 달렸다. 간단한 옷가지와 사흘 치 먹을거리를 준비해서 나오라는 연락만 받았을 뿐 열차가 어디로 가는지, 우리가 왜 떠나야만 하는지에 대해서는 아무것도 들은 내용이 없었다. 준비해 온 식량은 벌써 바닥이 났고, 옷은 오랫동안 갈아입지 못해 모두 후줄근해 보였다. 객실 안은 마치 걸인들의 합숙소 같았다. 옆에 앉아 있는 땜빵 가족의 형편은 우리보다 더 나빠 보였다. 땜빵 옷에서 나는 역겨운 냄새 때문에 속이 메스꺼웠다.

엄마는 얼굴과 손발이 퉁퉁 부은 채로 누워만 있었다. 불룩 나온 엄마 배가 꿈틀거렸다. 아기가 배 속에서 동작을 멈추었으면 좋겠다고 생각했다. 동생으로는 연해주 고아원에 두고 온 설국이 하나로 족했기 때문이다.

혼자 가족과 떨어져 두려워하고 있을 어린 동생을 생각하니 마음이 아팠다. 어른 중에 한 사람은 남아 있어야 했다. 엄마가 설국이와 함께 남아서 아빠를 기다린다고 했을 때 할머니는 여자가 남자 없이 홀로 있으면 위험하다고 말렸다. 억지스럽고 쓸데없는 걱정 같아 보였다. 결국 설국이 혼자서 아빠에게 전해 줄 편지를 가지고 고아원에 남게 되었다. 그래도 그곳은 러시아 정부에서 운영하는 고아원이라 굶을 걱정도 없고 무엇보다 안전하기 때문에 지금의 내 형편보다는 더 나을 것 같았다. 걱정이라면 설국이 기억에서 가족이 지워질지도 모른다는 것 정도였다.

열차가 멈춘 뒤 오랫동안 정차한다는 방송이 나왔을 때 할머니와 나는 남은 곡식을 모두 털어서 밥을 해 왔다. 우리는 할머니가 곡식들을 넉넉하게 준비해 와서 보리와 콩, 수수 등이 한 끼해 먹을 정도는 남아 있었다. 밥을 먹고 나니 몸이 나른해지면서 졸음이 쏟아졌다. 갑자기 몸에 열이 오르면서 눈이 화끈거렸다. 할머니가 내 얼굴을 보더니 놀라며 다가왔다.

"설희 얼굴이 왜 그렇게 벌겋지? 열이 있나?"

할머니는 내 이마와 목덜미를 짚었다. 엄마는 감고 있던 눈을 번쩍 뜨더니 놀란 토끼 눈으로 나를 바라보았다. 땜빵 엄마도 앓는 소리를 냈다. 마침 제복이 문을 열고 다급히 들어서며 사람들의 얼굴을 살폈다.

"지금 열이 나는 사람은 일어서시오. 전염병이라서 408호로 옮겨야 합니다."

제복이 내 앞에서 걸음을 멈추었다.

"열만 내리면 될 것을 웬 호들갑을 떠는지 모르겠네!"

할머니가 구시렁거리며 등으로 얼른 나를 가리려 했다. 제복이 내 얼굴을 보고 이마를 짚었다. 무서워서 할머니 옷을 꼭 붙잡았다. 땜빵 엄마는 글썽거리는 눈으로 한동안 아들을 바라보고는 일어섰다. 나는 할머니 품으로 파고들었다. 제복이 강제로 일으키려고 내 팔을 잡아당겼다.

"겨우 열 살밖에 안 된 어린아이인데 그냥 우리가 데리고 있으면 안 되나요?"

할머니가 나를 꼭 끌어안으며 말했다. 제복은 열만 내리면 다시 돌아올 거라면서 할머니를 달랬다. 할머니 손에서 힘이 빠지는 것이 느껴졌다. 나는 곧바로 제복의 손에 이끌려 일어섰다.

"설희야, 이 아주머니 옆에 꼭 붙어 있어야 한다. 알았지?"

엄마가 누운 채로 눈물을 흘리며 말했다.

"알았어. 엄마 몸이나 잘 챙겨."

아주머니와 나는 앞장서서 가는 제복의 뒤를 따라 408호로 갔다.

아픈 사람들이 몇 명 안 되어 바닥에 누울 수 있었다. 열차를 탄 뒤로 다리 뻗고 편안하게 누워 보는 것은 처음이었다. 하지만 끙끙 앓고 통곡하는 시끄러운 소리 때문에 신경이 곤두섰다. 통곡 소리는 끊이지 않고 계속 줄을 이었다. 아이 울음소리는 매운 양념을 뿌리듯 간간이 귀를 자극했으며 가슴속으로 파고들어 스파크를 일으켰다. 피가 거꾸로 솟는 것같이 고통스러웠다. 지옥이 따로 없었다.

내가 몇 날 며칠 잠 못 이루는 동안 땜빵 엄마는 한 번도 깨지 않았다. 406호실에 있을 때부터 많이 아파 보이긴 했지만 아무래도 이상했다. 한적한 곳에 열차가 멈추었다. 주변은 헐벗은 들판으로 이어져 있었다. 물줄기 하나 보이지 않았다. 눈시울이 벌건 사람들이 죽은 이들을 업고 내려가 땅에 묻어 주고 올라왔다. 나는 미동도 없이 반듯하게 누워 있는 땜빵 엄마의 모습이 미심쩍어 팔을 흔들어 보았다. 반응이 없었다. 조심스럽게 가슴에 손을 댔다. 숨을 쉬지 않았다. 여기저기 몸을 더듬어 가며 만져 보았지만 호흡이 느껴지지 않았다.

"이 아주머니가 이상해요!"

사람들을 향해 소리쳤다. 마침 제복이 들어왔다.

"아저씨, 이 아주머니가 숨을 안 쉬어요."

제복은 허리를 굽혀 아주머니를 살피더니 고개를 저으면서 몸을 일으켰다.

"이 아주머니 가족을 알고 있니?"

"예. 406호에서 함께 있었어요."

제복은 내 이마를 짚었다.

"너는 열이 내렸구나. 얼른 가서 가족에게 알려 줘라."

나는 일어나 최대한 빠르게 걸어갔다. 406호로 들어가 땜빵과 아저씨의 얼굴을 본 순간 마음이 무거워졌다. 아저씨에게 어떻게 말해야 할지 몰라 주춤거리고 있을 때 할머니가 나를 와락 끌어안았다.

"아이고, 내 새끼가 살아서 돌아왔네! 몸에 열꽃이 핀 걸 보니 열이 내렸나 보구나. 천지신명이시여! 고맙습니다. 고맙습니다.”

나는 할머니의 수다스러움 때문에 아저씨와 땜빵에게 더욱 더 미안했다.

“아주머니가 우리 아이를 잘 보살펴 주셨나 봐요.”

엄마가 아저씨에게 미소를 지으며 말했다. 할머니와 엄마는 내가 살아 돌아온 것에 대해서만 생각하고 있는 것 같았다. 모두 아주머니의 죽음에 대해서는 생각조차 못하고 있는 것 같아 더더욱 입이 떨어지지 않았다.

“너는 다 나아서 다행이구나! 그런데 얘 오마니는 열이 아직 안 내렸네? 어드러케 하고 있네?”

우리 가족의 상봉 분위기가 잠잠해지자 아저씨가 물었다. 나는 고개를 저었다.

“얼른 말씀드려.”

할머니가 다그쳤다.

“돌아가셨어요.”

아저씨는 눈을 동그랗게 뜨더니 말없이 일어나 408호 쪽으로 뛰어갔다. 땜빵도 따라가려는데 할머니가 잡아당겨 앉혔다.

“오자마자 얘기를 해 줬어야지. 왜 이제 말을 해?”

엄마는 조금 전에 했던 자신의 말이 무안했던지 화를 냈다.

땜빵은 소매로 눈물을 훔쳐 내며 어깨를 들썩거렸다. 아저씨는 한참 뒤 시무룩한 모습으로 돌아왔다. 눈이 시뻘겋게 변해 있었다.

“어떻게 되었남? 정말 가망이 없는 거유?”

할머니가 조심스럽게 물었다. 아저씨는 고개만 끄덕였다.

“좀 더 옆에 있지 않고.”

“예. 거기서 오래 있으면 감염된다고 해서리 쫓겨 왔습네다. 열차가 정차할 때 오라고 합네다.”

“그런 줄도 모르고 우리가 괜히 입방정을 떨었네 그려. 미안해서 어떡하나.”

“일본에게서 나라를 되찾으면 함께 조선에 들어가서 살기로 약속했는데……. 이렇게 나라 잃고 타국 땅을 떠돌다가 객사한 것도 팔자인가 봅네다. 손녀딸은 살아와서 다행입네다.”

할머니는 눈시울을 붉히며 아저씨의 등을 토닥여 주었다. 할머니의 행동이 낯설지 않았다. 아빠가 마지막으로 집에 들어왔던 날도 그랬다. 그때 아빠 눈에 눈물이 고여 있던 모습이 지금도 생생하다.

아빠와 형제처럼 지냈던 동지가 일본의 스파이로 오해받아 러시아 경찰에게 끌려가 억울하게 죽었고, 아빠도 같은 동지로 이름이 알려져 집에 오래 머무를 수 없는 상황이라는 걸 어른들의 대화 소리를 통해 알게 되었다. 러시아는 일본과 전쟁을 한 뒤로 사이가 나빠져 우리 조선을 점령하고 있는 일본인과 조선인이 구분되지 않는다는 이유로 우리가 살고 있던 연해주에서 멀리 떨어진 중앙아시아 쪽으로 우리를 이주시키는 것이라고 했다. 아빠가 집을 나간 뒤 며칠이 지나고 우리 가족은 아빠의 행방을 모른 채 집을 떠나왔다.

아저씨 눈에서는 하염없이 눈물이 흘러내렸다. 열차는 아저씨 눈에서 흐르는 눈물처럼 계속해서 미끄러져 갔다.

열차가 몇 시간을 달렸는지 밖이 또 캄캄해지고 있었다. 이젠 밤낮의 변화에도 무감각해져 밖이 환하면 낮인가 보다, 어두우면 밤인가 보다 생각했다. 오랫동안 먹지 못한 사람들은 얼굴에 핏기가 없고 야위어 갔다. 땜방은 가무잡잡했던 얼굴이 노랗게 변해 있었다. 아저씨가 우리 쪽으로 걸어오더니 이상한 눈빛으로 엄마와 할머니를 번갈아 가며 바라보았다.

"무슨 할 말이라도 있는가? 왜 그렇게 안절부절못하고 있어?"

"아, 아닙네다. 기차가 이제 정차하지를 않으려나 봅네다."

"아이가 많이 안 좋은가?"

할머니는 누렇게 뜬 땜빵의 얼굴을 살피며 말했다.

"아, 아닙네다."

아저씨는 보따리를 들고 일어나 출입문 쪽으로 가더니 땜빵에게 고개를 끄덕였다. 땜빵은 기다렸다는 듯이 가방 하나를 들고 일어나 비틀거리며 아저씨가 있는 쪽으로 갔다. 밖은 캄캄해서 아무것도 보이지 않았다. 출입문 여는 소리가 나더니 땜빵의 비명이 들렸다. 사람들은 아무 반응을 보이지 않았다. 이제 모두 고개를 돌릴 기운조차 없는 것 같았다. 나는 땜빵이 무사하기만을 빌어 주었다.

열차 안에서는 연이어 크고 작은 일들이 일어나고 있었고 이번에는 엄마가 갑자기 할머니를 흔들더니 고통스러운 표정을 지었다. 할머니가 놀라 엄마 배를 살폈다.

"배가 많이 쳐졌네. 아기가 나오려나?"

할머니가 출입문 쪽을 바라보고 있을 때 마침 제복이 문을 열고 들어왔다.

"이봐요. 우리 며느리가 해산기가 있나 봐요. 열차를 좀 멈추면 안 되나요?"

할머니는 열차를 마치 버스처럼 생각하고 있는 것 같았다. 사람들의 개인 사정이 있을 때마다 열차를 세워 준다면 5분 간격 아니, 1분 간격으로 정차를 해야 할 것이었다.

"조금만 가면 됩니다. 참으세요."

제복은 스쳐 지나가면서 건성으로 대꾸했다.

"어쩌면 저렇게도 인정머리가 없을까?"

할머니가 조선말로 구시렁거렸다. 엄마는 진통이 올 때마다 일그러진 표정으로 할머니를 바라보았다. 엄마의 눈빛은 마치 살려 달라고 애원하는 것 같았다. 할머니는 엄마의 진통을 없애 줄 별다른 방도가 없는 듯해 보였다. 엄마는 배를 움켜잡고 소리를 질렀다. 사람들은 엄마의 몸부림에 아랑곳하지 않고 무표정한 모습으로 눈을 감고 있었다. 모두 눈꺼풀이 천근만근 무거워 보였다.

한참 뒤 다른 제복이 문을 열고 들어왔다.

"이봐요. 아무리 가깝더라도 이 열차 좀 쉬었다 갑시다. 살아 있는 생명은 살리고 봐야 하지 않겠소?"

할머니가 매달리며 사정하듯 말했다.

"이제 10분 정도만 가면 될 겁니다. 조금만 힘내세요."

이번 제복의 말은 왠지 보르게 신뢰가 갔다.

"우리가 떠날 때도 이삼일 걸린다고 해 놓고 이렇게 삼십일을 넘게 달려오지 않았어? 10분이 또 20분, 30분, 40분이 될지 누가 알아요? 이러다가 우리 며늘아기와 배 속의 아기가 죽게 생겼

네! 나라 없는 사람의 생명이라고 이렇게 무심해도 되는 거요?"

할머니가 제복에게 러시아어로 퍼붓고 나자 어느 아저씨와 아주머니의 대화 소리가 들려왔다.

"우리가 가고 있는 곳이 버려진 땅이라서 그곳에 도착해도 별다른 방법이 없을긴데."

우리 쪽을 바라보고 말하는 걸 보니 할머니에게 들으라는 소리 같았다.

"그러게 말입니다. 우리가 지금 그 중앙아시아 쪽 허허벌판으로 가고 있는 거잖아요. 우리 조선이 일본에게 나라를 빼앗겨 모두 분노하고 있는데 우리를 왜 일본 스파이나 일본 사람으로 보는지 정말 답답한 노릇입니다."

나는 아저씨와 아주머니가 정말 알고 말하는 것인지 의심스러웠다.

"할머니! 진짜야? 저 사람들의 말이 맞아?"

할머니는 말없이 한 손으로는 엄마를 쓰다듬고, 한쪽 팔로는 나를 꼭 안아 주며 한숨을 내쉬었다. 아주머니와 아저씨가 다시 대화를 이어 갔다.

"이 열차 타러 오기 전에 들은 건데, 지금 조선에서는 종교를 믿는 사람들까지 신사 참배를 강요받아 참여하고 있다고 합니다.

이를 거부한 어느 기독교 학교는 폐교 위기에 처했다고 하네요. 얼마 전까지만 해도 종교인들에게는 신사 참배를 강요하지 않았는데 말입니다."

"지금 일본이 중국과 전쟁을 하고 있는데 우리 민족을 말살시켜서 자기 나라로 완전히 편입시키려고 혈안이 되어 있어서 그런가 봐요."

"일본은 섬나라이니 우리 조선을 자기들 손에 넣어야 대륙으로 통하는 길이 열리기 때문이죠. 조선에서 그런 무시무시한 일이 벌어지고 있으니 우리 고려인들은 이제 조국으로도 돌아가지 못하는 떠돌이 신세가 되었네요. 이젠 앞날을 예측하지 못하게 되었으니 참으로 암울하기만 합니다."

할머니는 그들의 대화를 들으며 눈물을 글썽였다. 할머니도 어떻게 해야 할지를 모르는 것 같았다. 무엇이 우리를 이렇게 만들었을까? 아무것도 모른 채 열차에 몸을 맡기고 있어 답답하기만 했다.

며칠 전까지만 해도 가끔 세워서 요기도 하고 용변도 보게 해 주었는데 어느 지점부터 쉬지 않고 달리는 것을 보니 정말 종착지가 가까워진 것 같기도 했다. 할머니가 진통하는 엄마를 보고 잠시 생각에 잠기더니 보따리를 주섬주섬 챙기기 시작했다.

"할머니, 뭐해?"

"쉿! 이대로는 안 되겠어."

"그래서?"

할머니는 마음이 급한 것 같았다. 보따리와 물건을 다 챙긴 뒤에 주변을 살피더니 속삭이듯 말했다.

"그냥 여기서 내리는 게 좋겠다."

"뭐? 할머니 미쳤어? 난 무서워서 싫어."

"이러다가는 우리 모두 다 죽게 생겼어. 내려서 그 주변에 물을 찾아가면 살 수 있을 거야."

엄마가 모든 걸 포기한 사람처럼 멍하게 있는 걸 보니 겁이 났다. 할머니는 제복이 한 바퀴 돌고 올 때까지 빨리 서둘러야 한다며 나에게 보따리를 하나 쥐어 주었다. 나는 할 수 없이 투덜대며 일어섰다. 할머니는 등에 보따리 하나를 짊어지고 하나는 손에 들고 엄마를 일으켜 세워 부축했다. 엄마는 자꾸 배를 움켜쥐며 주저앉았다.

"할미가 신호를 보내면 설희, 너부터 뛰어내리는 거다. 알겠지?"

할머니가 진지한 눈으로 바라보며 말했다. 선뜻 대답이 나오지 않았다. 다그치는 할머니 때문에 어쩔 수 없이 출입문 쪽으로 발걸음을 옮겼다. 할머니는 주저앉은 엄마를 간신히 다시 일으켜 세웠다. 고장 난 문은 반쯤 열려 있었다. 찬바람이 세차게 들어왔다. 열차는 찬바람을 가르며 일정한 속도를 냈다.

"설희야, 지금이 좋겠다. 내리면 이 할미와 엄마가 뒤따라갈 때까지 그 자리에서 기다려. 자, 준비됐지? 뛰어내려!"

나는 뛰어내릴 용기가 나지 않아 눈을 꼭 감았다. 땜빵의 비명이 상기되어 소름이 돋았다. 두려워서 망설이고 있을 때 누군가 내 등을 밀었다. 몸이 경사진 들판으로 데굴데굴 구르다 멈추었다. 눈을 뜨고 사방을 둘러보니 마른 억새풀들로 가득했다. 엉덩이와 다리에 통증만 있을 뿐 몸은 다치지 않은 것 같았다. 누가 밀었을까? 내 뒤에는 분명 엄마가 있었는데. 할머니가 들고 있던 보따리 하나가 떨어져 있었다.

'할머니와 엄마가 곧 뛰어내리려나?'

나는 할머니가 들었던 보따리까지 주워 들고 열차가 간 쪽으로 걸었다. 엄마와 할머니가 더 가서 뛰어내렸을 수도 있기 때문이다. 다리와 엉덩이가 아파 빨리 걸을 수가 없었다. 아무리 걸어도 사람의 흔적은 보이지 않았다. 작게나마 들려왔던 열차 소리마저도 들리지 않아 적막감이 감돌았다.

'못 내린 건가? 곧 뛰어내린다더니!'

어디선가 할머니가 나를 부를 것만 같았다. 배를 움켜잡고 자꾸 주저앉았던 엄마 모습이 떠올라 불안하기도 했다.

'엄마는 그 몸으로 뛰어내릴 수 있었을까?'

계속 걸어가며 마른 풀들을 헤집어 보았다. 용기를 내어 입을 열었다.

"엄마! 할머니! 엄마! 할머니!"

목청껏 불러 보아도 대답이 없었다.

'쳇, 곧 뛰어내린다더니 나만 보내고 만 거였어? 그럼 나 혼자 어떡하라고!'

흐르는 눈물이 볼에 얼어붙어 따가웠다. 들판에 나 혼자라 생각하니 무서웠다. 열차가 향한 쪽으로 가야 할지 연해주로 되돌아가야 할지 마음이 갈팡질팡했다. 되돌아간다면 설국이가 있는 고아원으로 가야 할 것 같은데 열차를 타고 며칠을 달려온 길을 걸어간다는 것은 불가능한 일이었다.

머릿속이 안개로 뒤덮인 것처럼 멍하면서 어지러워 잠시 누웠다. 하늘에서는 새의 무리가 날아가고 있었다. 새들이 시야에서 멀어지고 다시 적막감이 감돌 때 바스락 소리가 들려 소스라치게 놀라 일어났다. 뇌리에서는 엄마와 할머니일지도 모른다는 설렘과 낯선 존재에 대한 두려움이 교차하고 있었다. 그 소리는 언뜻 듣기에 누군가 사각사각 조심스럽게 걸어오는 발자국 소리 같기도 하고 짐승이 먹이를 찾느라 마른 풀을 헤집는 소리 같기도 했다.

억새풀들 속으로 몸을 숨겼다가 소리 나는 쪽으로 슬금슬금 기어갔다. 풀들 사이사이로 뭔가가 움직이는 것이 보여 멈추었다. 사람은 아닌 것 같았다. 숨을 깊게 들이마신 뒤 조심스럽게 다가가 보았다. 새 한 마리가 몸을 뒤뚱거리며 날개를 푸드득거리고 있었다. 날지 못하는 새를 조심스럽게 들어 살펴보니 오른쪽 다리가 부러져 달랑거렸다.

"앗!"

나도 모르게 외마디 비명이 나왔다. 소름이 돋았다. 주변에 누군가 있는 것 같아 두려웠다. 빨리 떠나야겠다는 생각에 새를 얼른 내려놓았다. 보따리를 하나로 만들어 어깨에 둘러멨다. 할머니 보따리에는 태극기와 엄마 옷 하나밖에 들어 있지 않아 단출했다. 새가 날지 못하고 푸드득거리고 있어 발이 떨어지지 않았다. 허허벌판에 홀로 남겨진 새의 모습이 내 처지와 같아 보여 자꾸 마음이 쓰였다.

"그래, 같이 가자."

나는 새를 두 손으로 조심스럽게 들고 서둘러 자리를 떴다.

2. 털보 아저씨

목이 타들어 가는 것 같았다. 물가라도 찾으려고 사방을 둘러보며 걸었지만 드넓은 광야에 고엽들만 무성하게 펼쳐져 있을 뿐 물은 보이지 않았다. 소변이 마려워 들판에 자리 잡고 앉아 누었다. 움푹 파인 곳에 소변이 고여 있는 것을 보니 그것이라도 마시고 싶은 마음이 굴뚝같았다. 망설이다가 결국 양손으로 오줌을 떠서 목을 축였다. 속이 메스꺼워 헛구역질이 연거푸 났다. 잠시 쉬었다 다시 걷기 시작했다.

해가 서쪽으로 기울고 있을 즈음 멀리 외딴집 한 채가 보였다. 물이라도 얻어먹기 위해 다짜고짜 집을 향해 뛰어갔다. 집 안으로 들어서자마자 오른쪽으로 작은 우물이 보였다. 사람은 없었다. 새를 얼른 옆에 내려놓고 물을 떠서 벌컥벌컥 들이켰다. 새도 목이 말랐는지 바닥 홈에 고여 있는 물을 재빠르게 콕콕 찍고 있었다. 집 안이 군데군데 부서져 있고 정돈되어 있지 않은 것을 보니 사람이 사는 것 같지는 않았다. 차라리 빈집이었으면 좋겠다고 생각했다.

대문과 마주하고 있는 방문 앞 들마루에 걸터앉아 새를 물끄러미 바라보았다. 얼굴엔 태극 모양과 하얀 띠가 그어져 있고, 눈 아래는 황금빛 털이 나 있어 아름다웠다. 새가 분주하게 움직이는 모습이 귀여워서 한동안 배고픔도 잊은 채 바라보았다. 모처럼 평온함이 찾아온 순간이었다. 새라도 옆에 있으니 두려움이 덜해졌다.

마음이 편안해지니 보이지 않았던 것들이 눈에 들어왔다. 왼쪽으로는 문이 없는 창고가 있고 그 옆으로 부엌이 보였다. 창고 입구 바닥에 놓여 있는 소쿠리는 사용한 지가 오래된 것 같았다. 활짝 열려 있는 방 안을 들여다보니 살림살이에 쓸 만한 세간들은 거의 없었다. 이사 나간 집이 분명했다. 우물의 맞은편에 방 하나가 더 있는 것을 보니 방은 두 개였다.

중천에 떠 있던 해가 어느덧 서쪽으로 기울고 있었다. 땅거미가 지면서부터는 마음이 초조해졌다. 더 어둡기 전에 서둘러 어디론가 떠나야 할지 잠깐 묵었다 가도 되는지에 대해 판단이 서지 않았다. 아무리 빈집이라도 밤이 되면 괴한이나 짐승들이 들어올 수도 있기 때문에 허름한 집에서 혼자 밤을 보내기는 무서울 것 같았다. 그렇다고 집을 나서도 허허벌판뿐이라서 마땅히 갈 곳은 없었다.

"누구인데 남의 집에 들어와 있느냐?"

깜짝 놀라 대문 쪽을 바라보니 낯선 남자가 들어오고 있었다. 벌떡 일어나 얼른 새를 집어 들었다. 턱 주변이 털로 까맣게 뒤덮여 있는 데다가 눈이 부리부리해서 인상이 험악해 보였다. 손에는 호미와 낫이 들려 있어 더 무서웠다. 생김새는 조선인이나 일본인 같은데 러시아어를 썼다.

"모, 목이 말라서요. 바, 바로 나갈게요."

나도 러시아어로 대답했다.

"얼굴은 씻고 가거라! 얼굴 보고 까마귀가 놀자고 하겠네."

털보가 표정을 바꾸어 미소를 지었다. 갑자기 돌변한 태도에 어리둥절했다. 머뭇거리다가 용기를 내어 입을 열었다.

"정말 아저씨 집이 맞아요?"

"그래, 맞다. 그 새 여기 내려놓고 어서 얼굴 먼저 닦아라. 새가 네 얼굴 보고 안 도망 간 게 다행이야!"

털보는 재미난 듯 웃었다. 열차 안에서 꼬질꼬질했던 땜빵 얼굴이 떠올랐다. 나는 창피해서 얼른 세수를 했다. 소매로 얼굴의 물기를 닦고 나니 그는 집이 어디냐, 왜 혼자냐, 가족은 어디 있느냐 등등 질문을 퍼붓기 시작했다. 나는 아무것도 말해 줄 수가 없었다. 어릴 때부터 낯선 사람을 만나면 가족에 대해서 사실대로 알려 주지 말라고 당부했던 어른들의 말이 생각났기 때문이다. 할머니는 누가 내 이름을 물으면 실제 이름을 알려 주지 말고 언년이라 대답하라고 했다.

털보가 일본 사람이라면 할아버지 이야기를 잘못 꺼냈다가 그의 손에 죽을 수도 있기 때문에 모른다고 도리질만 했다. 털보가 계속 러시아어를 쓰고 있어서 조선인인지 일본 사람인지 구별하기가 어려웠다. 그가 더 이상 묻지 않아 다행이었다.

"그렇게 씻으니까 이제야 사람처럼 보이는구나. 배고프지?"

"괘, 괜찮아요."

"뭘 괜찮다는 거냐? 네 얼굴에 다 쓰여 있는데. '나 배고파요. 밥 좀 주세요'라고 말이다."

'어?'

내 귀에 들린 것은 분명히 우리 조선말이었다. 발음이 조선 사람처럼 정확하지는 않았지만 분명했다. 실제로 조선인인지, 아니면 나에 대한 신상 파악을 하고 있는 것인지 확신이 서지 않아 나는 계속 러시아어를 썼다. 털보는 피식 웃으면서 부엌으로 가더니 감자와 옥수수를 가지고 나와 들마루 위에 놓았다. 웃는 모습 뒤에 어떤 음모가 있는 것 같아 기분이 좋지 않았다. 배가 고파서 우선 먹고 보자는 마음에 감자와 옥수수에 시선을 보내면서 털보의 눈치를 살폈다. 털보가 눈으로 감자와 옥수수를 가리키며 먹으라는 신호를 보낸 뒤 새에게로 시선을 돌렸다. 나는 기다렸다는 듯이 감자 하나를 집어 들어 껍질도 까지 않은 채 입속으로 밀어 넣었다. 감자는 내려가지 않고 식도에 걸려 딸꾹질이 났다. 물을 마시려고 하는데 털보가 얼른 바가지에 물을 떠 주고 나서 새를 집어 들었다.

"바이칼틸 새끼로구나."

털보가 새를 손 위에 올려놓고 살피며 말했다. 새를 어떻게라도 할까 봐 가슴이 조마조마했다.

"조선에서는 가창오리라고 하고 여기서는 바이칼틸이라고 한다. 이 새는 원래 저 위의 야쿠츠크 주변 레나강 유역에서 가족 단위로 흩어져 살다가 10월에 추워지면 이쪽 바이칼호수로 모여든단다. 이곳으로 내려와 둥지를 틀고 휴식을 하면서 알을 낳기도 하지. 여기서도 추위를 견디지 못하면 남쪽으로, 남쪽으로 계속 내려가 물가 근처에 자리를 잡고 겨울을 보내게 된다."

내가 묻지도 않았는데 털보는 새를 이리저리 살피면서 설명을 늘어놓았다. 바이칼호수는 이르쿠츠크와 울란우데 사이에 있는 길쭉한 모양의 호수라고 했다. 이쪽으로 오면서는 호수가 보이지 않았는데 털보가 설명하면서 '이쪽'이라거나 '여기'라고 말하는 걸 보니 호수가 이 지역 근방에 있는 것 같았다.

털보의 말투는 잔잔했지만 여전히 속셈을 파악하기는 어려웠다. 그는 주로 러시아어를 쓰고 있었지만 때에 따라 조선말과 일본어가 툭툭 튀어나오기도 했기 때문이다. 털보가 새를 바닥에 내려놓고 부엌에서 곡식을 한 줌 가져와 새 앞에 놓아 줬다. 새는 뾰족한 부리로 재빠르게 콕콕 찍어 순식간에 먹어 치웠다. 그는 한동안 새를 바라보다가 설명을 이어 갔다. 바이칼틸은 평화로움을 얻기 위해서 사나운 새들과 맞닥뜨렸을 때 싸움에서도 이겨야 하고, 날아오는 총알도 피할 수 있어야 한다고 했다. 남쪽으로 가는 길의 혹독한 환경을 견뎌 내야 살아남을 수 있다는 것이었다.

"조선이나 일본 쪽에는 안 살아요?"

나는 설명을 듣고 무슨 말이라도 해야 할 것 같아 물었다.

"그쪽으로도 이동을 하지. 얼굴에 있는 태극 모양 때문에 조선의 어느 지방에서는 태극오리라고 부르기도 한다는구나. 그러고 보니 이 바이칼틸들이 외세의 공격을 받아 항상 긴장하며 지내는 점이 조선의 처지와 비슷한 것 같네."

털보는 말을 마치고 한숨을 내쉬고는 또 입을 열었다.

"이제 날려 봐야겠다."

"네? 날려 보다니요? 그 새는 저랑 같이 가야 해요."

"이 새는 철새라서 무리들을 찾아가야 해. 혼자는 위험하고 불안해서 안 된다. 더 늦기 전에 빨리 날려 보내 줘야 해."

"안 돼요. 이 새는 저의 소중한 친구란 말이에요."

"너는 가족 없이 혼자 살아갈 수 있겠니? 이 새는 무리를 찾아 날아가야만 행복하게 살 수 있어. 그러니 지금 놓아주는 것이 살리는 길인 것 같다. 이 새가 무리를 잘 찾아갈 수 있도록 빌어 주자."

털보의 말투는 계속해서 인자했지만 얼굴 표정은 여전히 개운치가 않았다. 그는 새의 덜렁거리는 다리를 살피더니 옷 귀퉁이를 찢어 묶어 주었다. 새의 생명을 소중하게 여기는 것을 보니 나쁜 사람 같지는 않았다. 그는 새를 들어 몸을 이리저리 살폈다.

"이만하면 됐다. 날려 보자. 이 새가 나중에 좋은 선물을 가지고 우리를 찾아올지도 모르겠구나."

털보의 말은 위안이 되지 않고 허전하기만 했다. 털보는 힘껏 팔을 아래로 내렸다 올리면서 새를 허공으로 던졌다. 새가 중심을 잡지 못하고 추락하는 듯싶더니 날개를 푸드득거리며 안간힘을 쓰다가 곧 중심을 잡고 높이 날아올랐다. 털보는 새가 안정적으로 날아가는 것을 확인하고 방으로 서둘러 들어갔다. 새는 서운해하는 내 마음도 아랑곳하지 않고 날개를 힘차게 흔들며 눈에서 멀어져 갔다.

"바이칼틸! 힘내서 꼭 가족을 찾아가길 바랄게. 안녕."

의지했던 새마저 떠나고 나니 가족 생각이 났다.

엄마와 할머니는 어떻게 되었을까? 땜빵과 땜빵 아빠는 과연 그들이 원하는 삶을 찾아갔을까? 옷깃을 한 번 스쳐도 인연이라는데 그러고 보면 땜빵 가족과 우리 가족은 보통 인연이 아니다. 열차 안에서 처음 만났지만 한 공간에서 가족처럼 몇 날 며칠을 함께 먹고 자고 했으니 말이다. 같은 동포라서 가능한 일이었을까? 땜빵의 비명이 떠올랐다. 땜빵은 어떻게 되었을까?

날이 어두워지고 있어 빨리 떠나야겠다는 생각에 마음이 조급해졌다. 아무래도 털보에게 하룻밤을 재워 달라고 부탁해야 할 것 같아 기다리고 있는데 그는 오랫동안 방에서 나오지 않았다. 밖이 완전히 어두워지고 나서야 방문을 열고 모습을 드러냈다.

"저…… 바, 밖이 어두운데 여, 여기서 자고 가도 돼요?"

나는 눈치를 살피며 말을 걸었다.

"너 애당초 그럴 생각 아니었냐? 여기서 나가면 갈 곳이라도 있느냔 말이다. 졸리면 저 작은방에 가서 자거라."

털보는 콧수염을 나풀거리며 태연하게 말했다. 나는 마음을 들킨 것 같아 얼굴이 화끈거렸다. 이곳으로 올 때 허허벌판들만 보았기 때문에 털보 말대로 내가 갈 곳은 없었다. 밤이 되자 털보는 마치 해결해야 할 어떤 큰 문제를 안고 있는 사람처럼 불안해 보였다. 골똘히 뭔가를 생각하기도 하고, 보자기에 짐을 싸 놓기도 하면서 어떤 사태에 준비하는 것 같았다. 털보가 내 존재에 대해서 깊이 관심을 보이지 않고 있었지만 언제 또 가족에 대해 물어 올지 몰라 나는 마음이 편하지 않았다.

잠자는 것을 허락받고 나니 이튿날이 걱정되었다. 날이 밝으면 어디로 가야 할지 막막해 잠이 오지 않았다.

밤이 깊자 방문 틈새를 통해 먼 곳에서 움직이는 불빛이 보였다. 불빛이 향하고 있는 곳을 보려고 문 쪽으로 다가서려는데 바스락 소리가 났다. 곧이어 누군가 후다닥 뛰어가는 발자국 소리가 들렸다. 나는 무서워서 얼른 이불을 뒤집어썼다. 소변이 마려웠다. 소리가 잠잠해진 뒤 우물 옆으로 가서 소변을 보았다. 바지를 올리고 방으로 들어가려고 할 때 대문 쪽에 불빛이 환해지면서 문 두드리는 소리가 들렸다. 깜짝 놀라 창고에 들어가 소쿠리를 뒤집어썼다. 사람들이 몇 번 두드려도 털보는 반응을 보이지 않았다. 조금 전에 뛰어가는 발자국 소리가 털보였는지도 모른다 생각했다. 계속 문을 두드리고 있어서 숨을 제대로 쉴 수가 없었다. 가슴이 쿵쿵 뛰었다. 우지끈 소리가 들려왔다. 문짝이 바닥으로 쓰러지는 소리 같았다.

"일본 놈 나와라."

불빛이 산만하게 움직였다. 멀리 문 틈새로 보였던 그 불빛의 주인들 같았다. 소쿠리 구멍으로 보이는 그들은 제복을 입고 있었는데 털보를 찾는 듯했다.

'털보가 일본 사람이라고? 내가 그럴 줄 알았어. 이제 어쩌지?'

일본 사람들이 조선인들을 강제로 데려가 일을 시키고 있다며 조심하라고 입이 닳도록 말했던 할머니 말이 스쳐 지나갔다. 남자 중에는 징용에 끌려간 사람도 있었고, 여자들은 닥치는 대로 군대로 데려가 낮에는 일을 시키고 밤에는 시중까지 들게 한다고 했다. 심란한 발자국 소리들과 물건 던지는 소리들이 한동안 들리더니 잠잠해졌다.

"이 두더지 같은 놈이 우리가 오는 걸 어떻게 알고 도망쳤지? 일본 사람, 조선 사람 가릴 것 없이 모두 잡아다 가두어 놓아야 해. 생김새가 비슷해서 가리기도 힘들 뿐더러 두 나라가 어차피 한통속이니 말이야. 우리가 한발 늦었네. 벌써 짐을 싸서 어디로 떠난 모양이야. 돌아가자."

러시아 경찰인 것 같았다. 그들의 발자국 소리가 멀어진 뒤에야 나는 살며시 나와 대문과 방 안을 살폈다. 대문은 떨어져 바닥에 엎어져 있었고, 방은 더 엉망이 된 상태였다. 나는 대문을 간신히 일으켜 세워 문을 막아 놓고 보따리를 챙겼다. 동이 트면 일단 나가야 할 것 같았다. 부엌으로 가서 나뭇잎으로 덮여 있는 솥을 열어 보니 삶아 놓은 감자 두 개가 남아 있었다. 하나는 먹고 하나는 주머니에 넣었다. 일단 보따리를 허리에 묶고 날이 밝아 오기를 기다렸다. 열차에서 뛰어내리기 전처럼 가슴이 두근거렸다.

날이 밝아지고 있어 일어섰다. 바로 그때 털보가 굳은 표정으로 들어왔다. 손에는 보따리 하나가 들려 있었다. 얼굴에 공포가 가득 차 있었고 몹시 지쳐 보였다.

"문을 부순 게 벌써 몇 번째인지 참."

털보는 혼잣말로 중얼거리며 대문을 끼우려다 말고 내팽개치고 그 자리에 주저앉았다. 그는 머리를 잡고 흔들며 괴상한 소리를 냈다. 화를 내는 것인지 우는 소리인지를 구분하기 힘들었다. 나는 숨죽이고 그의 행동을 지켜보았다. 그는 한참 동안 조용히 앉아 있더니 훌훌 털고 일어나 다시 대문을 들어 끼우고 안으로 들어왔다.

"이 도둑놈! 어딜 도망가려고?"

그가 다짜고짜 나에게로 와서 소리쳤다. 간이 오그라드는 것 같았다.

"무, 물건은 안 훔쳤는데요? 감자는 여, 여기에 놓고 갈게요. 무, 문은 제가 아, 안 그랬어요."

떨려서 말이 제대로 나오지 않았다. 털보는 언제 터질지 모르는 시한폭탄 같아 보였다. 그의 정체가 몹시 궁금해졌다. 털보는 누구이기에 이 외딴곳에서 홀로 지내고 있는가? 내가 여기서 무사히 빠져나갈 수 있을지 걱정이 되었다.

"잔뜩 겁을 먹었구나! 겁먹을 필요 없다. 이 아저씨가 농담한 게야. 그들이 널 보진 못했니?"

나를 안정시키기 위해서인지 털보의 말투가 갑자기 자상하게 바뀌었다.

"예. 저, 저는 저, 저곳에 숨어 있었어요."

나는 숨어 있던 창고 쪽을 가리키며 말했다.

"천만다행이구나. 만약 이곳에 사람이 살고 있는 걸 알면 더 귀찮게 굴 게야."

털보는 한동안 방 쪽을 멍하니 바라보다가 다시 말했다.

"어서 방으로 들어가거라. 지금 나가면 위험하다."

털보의 어떤 표정이 진실인지 궁금했다. 나를 도망가지 못하게 안심시키고 난 뒤에 일본으로 데려가려는 꼼수를 쓰고 있는 것은 아닌지 의심스러웠다.

"근데 저, 저는 우리 엄마와 할머니를 꼭 찾아야 해요. 이건 그냥 두고 갈게요."

이 집에서 빨리 나가야 할 것 같아서 핑계를 댔다. 미적미적하다가는 가족도 찾지 못하고 일본으로 끌려가 영영 돌아오지 못할 것 같았다.

"나중에 때가 되면 이 아저씨가 보내 줄 게다. 그러니 지금은 방에 들어가서 조용히 있거라."

내가 처한 상황을 짐작할 수가 없어 답답하기만 했다.

"여, 여기에 아저씨 말고 일본 사람도 함께 살아요?"

털보의 대답이 궁금해서 물었다.

"그건 왜 묻니?"

"아까 그 사람들이 일본 놈 나오라고 소리쳤어요."

"그 러시아 경찰들은 내가 일본 사람인 줄 알고 그러는 거다. 러시아 사람들은 일본 사람들을 미워하잖니. 그들은 우리 조선인들이 일본의 스파이 노릇을 한다고 생각해 그러는 거야. 일본이 조선으로 들어가 모든 걸 간섭하고 있으니 우리를 그들과 한편으로 오해를 하고 있는 거지. 그래서 연해주로 이주해 온 조선인들을 하나둘씩 잡아가더니 이젠 동네 사람들 모두를 강제로 열차에 태워 저 추운 허허벌판으로 내쫓고 있어. 빌어먹을 놈들."

털보가 '우리 조선인'이라고 무의식적으로 내뱉은 말은 그가 우리 조선인이라는 확신을 갖게 해 주었다. 일단 이것만으로 털보에 대한 공포는 한시름 내려놓아도 될 것 같았다.

"그러면 독립운동한 사람의 가족들도 억울하게 휩쓸려 강제 이주 열차에 탔겠네요?"

그 장본인이 나였기 때문에 떠보기 위해서 물었다.

"그럴지도 모르지. 일본이 대륙을 침략하겠다는 마음을 먹지 않았다면 이런 일이 일어나지 않았겠지."

"러시아는 일본을 왜 싫어해요?"

조선인이라 생각하니 마음이 편해서 궁금한 것을 계속 묻게 되었다.

"러시아 함대가 한밤중에 중국에 있는 랴오둥반도의 뤼순항에 머무르고 있을 때였어. 그때 일본이 러시아에 정식으로 선전포고도 하지 않고 몰래 공격했지. 원칙적으로 몰래 공격하는 것은 전쟁에 대한 규칙 위반인데 일본은 그 이튿날에도 인천 앞바다에 있던 러시아 군함 두 척을 또 몰래 격침시켰어. 그러고 나서야 전쟁을 선포했던 거야. 그러니 러시아도 가만히 있지 않았겠지. 그래서 러일 전쟁이 일어난 거야."

"일본은 작은 나라인데 그런 힘이 어디서 생겼어요?"

"일본은 그 당시 서구 문물을 받아들여 근대화에 성공해 나라의 힘이 강해지고 있던 때였어. 서양의 강대국들과 활발하게 교류하고 있었지. 그러다 섬나라에 사는 그들은 나라가 바다에 가라앉을 것을 두려워해서 중국 대륙으로 통하는 길을 열어 보려고 해외 주변국들을 식민지로 만들려는 꼼수를 썼어. 그래서 우리 조선에도 들어와 강압적으로 총독부를 세우고 식민지로 만들었잖니. 정말 이기적이고 나쁜 놈들이야."

털보 입에서는 일본에 대한 이야기가 격한 말투로 줄줄이 이어져 나왔다. 그는 우물 옆 작은 텃밭으로 가서 땅을 헤집더니 무와 고구마를 꺼내 왔다. 배가 고팠던 모양이다. 털보의 말속에 진심이 묻어 있는 듯해 그에 대한 수수께끼가 차츰 풀리는 것 같았다. 맘 놓고 궁금한 것을 물어보아도 될 것 같았다.

"아저씨는 왜 여기서 혼자 살아요?"

"휴우……."

그는 고구마를 물에 씻어 낫으로 깎아서 나에게 건네며 말을 이어 갔다.

"아내는 죽고 아들은 일본에서 데려갔단다."

"그런데 아저씨는 왜 일본으로 안 가고 여기서 살아요?"

털보의 정체에 대해 더 확실히 알고 싶어 물었다.

"우리 가족은 원래 독립운동에 참여해 활동하고 있었단다. 그런데 일본 경찰에게 발각되어 죽음을 면해 주는 대신 일본을 돕기로 약조했지. 일본 놈들은 내 아들을 볼모로 일본 군대에 데려갔단다."

"그럼, 아들 가까이로 가서 살면 되잖아요"

"나도 그러고 싶은데 그게 간단치가 않아서……."

털보는 말을 하다 말고 무를 양손으로 잡고 분질러 입속에 한입 베어 넣고 어기적어기적 씹었다. 털보의 행동에서 불안함이 느껴졌다. 털보 말의 의미가 무엇인지 알 수 없어 머리가 더욱 더 복잡해졌다. 과연 털보의 말이 진실일까? 털보 가족이 독립운동에 참여했다는 말이 사실이라면 그는 우리 할아버지와 아빠를 알 수도 있을 것 같았다. 털보가 독립운동에 참여했다고는 하지만 아직 미심쩍은 곳이 있으니 가족에 대한 이야기는 아직 할 단계가 아니라 생각했다.

털보가 내 얼굴을 물끄러미 바라보다가 말을 꺼냈다.

"너는 여기에 어떻게 오게 되었냐?"

"사, 사실은 열차에서 뛰어내렸어요."

털보의 속마음을 완벽하게 파악하기 위해서는 계속 이야기를 나누어야 한다고 생각해서 대답했다.

"중앙아시아로 가는 그 열차 말이냐?"

"아저씨가 그 열차를 어떻게 아세요?"

"너도 그 열차에 타고 있었구나. 얼마나 힘들었으면 뛰어내렸을까. 아까도 말했지만 일본이 우리 조선을 강제로 점령해 버리니까 러시아 사람들이 우리 조선인들이 일본 스파이 노릇을 한다고 생각하거나 일본 사람과 구분하기가 어려워 그냥 모두 사람이 살 수 없는 황무지로 강제 이주시키는 것이란다. 그건 그렇고 가족은 어디 가고 혼자가 된 거냐?"

"엄마와 할머니는 곧 뒤따라 내린다고 했는데 못 내렸나 봐요. 엄마 배 속에는 아기가 있어요."

털보는 먼 곳에서 일어나는 일도 이미 다 알고 있는 것 같았다. 그의 말투에서 그가 조선 편이라는 것이 점점 드러나고 있어 말하기가 편안해졌다.

“그랬구나. 연해주 쪽에서 온 거 맞지? 내가 아는 분의 가족도 그 열차에 탔다고 들었는데. 할머니와 만삭이 가까운 며느리와 손녀가 타고 있다고 했는데……. 가만있자, 너도 할머니와 배 속에 아기를 가진 엄마와 함께 탔었다고 했지? 아버지는 함께 타지 않은 거냐?”

“돌아가셨어요.”

구구절절 이야기하기 귀찮아서 둘러댔다. 털보가 갑자기 얼굴이 어두워지면서 침묵하고 있다가 말을 꺼냈다.

“휴우, 그랬구나. 혹시 넌 성씨가 어떻게 되느냐?”

“강씨요.”

성은 이야기해도 될 것 같아서 말해 주었다.

“내가 아는 분도 강씨인데. 그러고 보니 니 얼굴이 내가 아는 분과 닮은 것 같구나. 혹시 네 할아버지가 백……, 아니다, 아니야.”

털보는 말을 꺼내다 말고 한숨을 쉬고 나서 하늘을 바라보았다. ‘백호’라고 말하려는 것 같아서 섬뜩했다. 우리 할아버지를 알고 있는 것일까? 쫓기다가 잡힌 사람처럼 심장이 오그라드는 것 같았다. 할아버지는 사람들에게 실제 이름보다 ‘백호’라는 이름으로 더 알려졌다. 털보가 우리 할아버지를 알고 있다면 어떻게 알고 있는 것일까? 그는 한참 뒤 뭔가 중대한 발표를 하는 것처럼 진지하게 말을 꺼냈다.

"얘야, 만일 내가 나가서 사흘이 넘도록 돌아오지 않거든 큰방 장롱 속에 있는 보따리도 함께 가지고 이곳을 떠나거라. 열차를 타고 하얼빈으로 가서 러시아 거리를 찾아가면 된다. 열차가 며칠 걸릴지 모르니 옷은 간편한 것으로 입고 가거라. 러시아 거리 브로에 카페를 찾아가면 너를 도와줄 사람이 분명히 있을 거야. 그곳은 조선인 손님들이 많이 드나드는 곳이란다. 보따리 안에는 돈이 좀 들어 있는데 그걸로 여비하고."

"싫어요. 저는 그냥 여기서 열차가 간 쪽으로 엄마와 할머니를 찾으러 갈래요."

"겁 없이 당차구나. 그쪽으로 가면 위험하다. 가족을 찾기 위해서는 아저씨 말대로 하는 게 더 안전할 거다. 결국 네 엄마와 할머니도 조선으로 돌아가실 게야. 그쪽은 사람이 살 만한 곳이 아니라서. 그러니 우선은 아저씨 말대로 하렴. 연해주 쪽은 조선인들이 모두 이사를 해서 네가 도움 받을 만한 곳이 없고 하얼빈 쪽으로 가야 네가 조선으로 갈 수 있는 길이 생겨. 그분의 핏줄이라면 혼자서도 조선으로 돌아가고도 남겠지만."

혼잣말처럼 내뱉은 마지막 말이 거슬렸다. 그분은 우리 할아버지를 말하는 것 같았다.

"예, 그럼 그렇게 해 볼게요."

"이 아저씨는 곧 여기를 떠나 먼 곳으로 갈 거야. 거기에서 할 일이 좀 있어서. 꼭 살아서 조선으로 돌아가거라."

말하는 동안 털보의 눈에 눈물이 고이면서 빛이 났다.

"예. 장롱 속 보따리는 귀중하게 간직했다가 조선에서 아저씨를 다시 만나게 되면 그때 드릴게요."

털보가 소매로 눈물을 쓰윽 닦아 내며 말했다.

"그래, 그러자. 내가 조선으로 다시 돌아갈 수 있을지는……."

그는 나에게는 미소로 대답하고 뒤돌아서며 혼잣말로 중얼거렸다.

그가 예상했던 것처럼 밤에 제복들이 다시 대문을 부수고 들어왔다. 털보는 보따리를 둘러메고 창고의 비밀 문으로 달아났고 나는 또 창고에 소쿠리를 뒤집어쓰고 숨었다. 그는 이튿날 동이 터도 들어오지 않았다. 이런 일이 있을 때는 그날 저녁이나 이튿날 아침까지는 꼭 돌아오곤 했는데 아예 떠나 버린 것 같았다. 나갈 때 등에 보따리를 메고 있었던 것이 다른 날과 다르긴 했다.

사흘이 지나도 그는 돌아오지 않았다.

홀로 지낸 지 열흘째 되던 날, 멀리서 총성이 들려왔다. 가슴이 오그라드는 것 같고, 몸이 얼어붙는 것 같았다. 그 허허벌판에는 털보 집 하나뿐이어서 더 무서웠다. 털보가 오지 않을 것 같아 털보 방에서 지내기로 했다. 털보가 집을 비울 땐 방을 어수선하게 해 놓아서 쥐가 나올 것 같았지만 작은방보다 안전해 보였다. 사람이 살지 않는 것처럼 위장을 해 놓았기 때문이다. 털보 방으로 들어가 쓰레기로 뒤덮인 장롱에서 보따리를 꺼내 풀어 보았다. 헝겊에 돌돌 말린 돈과 사각으로 접혀 있는 보자기가 있었다. 보자기를 펼쳐 보니 태극기였다. 내 보따리에서 태극기를 꺼내 옆에 나란히 놓았다. 눈에 익숙한 글씨가 있었기 때문이다.

대 한 독 립

태극기 네 면의 여백에 쓰인 글씨가 같았다. 검붉은 색의 글씨는 보면 볼수록 어떤 강한 울림을 주었다. 글씨의 색깔이 일반 물감은 아닌 것 같았다. 일단 태극기를 돌돌 말아서 내 보따리에 함께 싸 두었다. 또 무엇이 있는지 안방을 살폈다. 한쪽 구석에 책 두 권이 놓여 있었다. 겉표지에 '조선의 역사'라 적혀 있는 책을 먼저 집어 들어 펼쳐 보았다. 조선 장군들이 전쟁을 승리로 이끌었던 이야기와 조선 제일의 명장들을 소개한 책이었다. 대충 훑어본 다음 '조선 옛 지도'라고 적혀 있는 책을 집어 들었다. 그림지도에 중국 만주가 우리 삼국 시대 국호인 고구려의 땅이라고 표기되어 있어 놀라웠다. 그림지도를 보니 땅의 넓이는 지금의 두 배가 넘었다. 가슴이 두근거렸다. 신라가 삼국을 통일하지 않고 고구려가 통일했다면 우리 조선의 운명은 어떻게 되었을까?

연해주에 있을 때는 한 번도 접해 보지 못한 책인데 털보는 이러한 역사책을 어떻게 지켜 왔을까? 엄마 말로는 조선 역사에 관련된 책들은 일본 사람들이 조선에 들어와 모두 불태워 버려서 거의 사라졌다고 했다.

고구려 땅을 넓혀 나간 위대한 왕은 영락 대왕이었다. 선조들이 넓혀 놓은 땅을 조선은 왜 지키지 못했는지 궁금증이 일었다. 지금은 이 작아진 나라마저 통째로 일본에게 넘어가고 있다 생각하니 정신이 바짝 들었다.

영락 대왕이 백제의 아신왕에게 항복을 받아 내는 장면을 읽고 있을 때 조금 더 가까운 곳에서 다시 총성이 들려왔다. 밖에서 무슨 일이 벌어지고 있는 것이 분명했다. 총성이 들릴 때마다 간이 오그라드는 것 같아 더 이상 책을 읽을 수가 없었다. 총성이 멈추고 조용해져 살며시 밖으로 나가 보았다. 들판에서 불길이 솟고 연기가 피어오르고 있었다. 소름이 돋았다. 털보를 더 기다리고 싶었지만 무서워서 견딜 수가 없었다. 사실은 털보가 집에 들어오면 그가 나갈 때 우겨서라도 따라가려고 생각하고 있었다. 끝내 털보를 기다리지 못할 것 같아 집을 나서기로 결심했다. 방으로 다시 들어가 싸 둔 보따리를 꺼내 풀었다. 돈을 바지 주머니와 웃옷의 안주머니에 나누어 넣었다. 책《조선 옛 지도》까지 챙겨 넣고 허리에 찼다. 먹을 것도 챙겨야 할 것 같아 무와 고구마를 두 개씩 보따리 귀퉁이에 찔러 넣고 집을 나섰다.

3. 까례야 마을

나는 털보가 말한 방향으로 가지 않고 열차가 향한 쪽으로 걸었다. 열차에서 뛰어내리기 전 정차할 곳까지 얼마 남지 않았다고 했던 제복의 말이 생각났기 때문이다. 첫 번째 제복은 눈을 맞추지도 않고 걸어가면서 성의 없이 대꾸했지만 두 번째 제복은 우리 앞에 멈춰 서서 할머니 눈을 바라보며 10분 정도 더 가면 된다고 친절하게 말했다. 그의 태도에서는 진심 어린 따스함이 묻어났다. 나는 그의 말을 믿고 싶었다.

열차가 간 쪽으로 걷다 보면 엄마와 할머니를 만날 것 같은 예감이 들었다. 바람이 매섭게 불어와 옷을 단단히 여미었다. 다리에 힘이 풀려 넝쿨과 돌부리에 걸려 넘어졌다. 바지를 올려 보니 피가 범벅이 되어 있었다. 시간을 지체할 수가 없어 쓰라린 통증을 참고 계속 걸었다. 해가 서쪽으로 기울 무렵부터는 또다시 두려움이 몰려왔다. 한참을 걸어왔는데도 사방은 마른 풀잎들만 무성할 뿐 새로운 존재는 보이지 않았다.

'이쪽이 아닌가?'

털보가 가르쳐 준 길로 갔어야 했다는 생각이 들어 후회가 되었다. 잠잘 곳을 찾아야 할 것 같아 커다란 돌덩이 위에 걸터앉아 주변을 살펴보았다. 쉴 만한 공간이 없었다. 도대체 얼마큼 더 걸어야 한단 말인가? 보따리를 풀어 털보 집에서 가져온 무를 꺼냈다. 목이 말라 무라도 씹으면 갈증이 해결될 것 같았다. 옷에다 쓱쓱 문질러 한입 베어 어기적어기적 씹었다. 무즙이 목 줄기를 타고 내려가니 가뭄에 단비를 만난 듯 시원했다. 반쯤 남은 무를 다시 보따리에 넣고 일어섰다. 얼마나 걸어야 할지 예측하기 어려워 최대한 식량을 아껴야 했다.

한참을 더 갔을 때쯤 군데군데 풀이 뉘어져 있는 곳들이 눈에 띄었다. 사람들이 지나간 길인지 짐승들의 흔적인지 분간되지가 않아 긴장이 되었다. 어떤 곳은 한 사람이 누울 수 있을 넓이만큼 풀들이 쓰려져 있었다. 덩치가 큰 존재가 쉬었다 간 흔적 같아 보였다. 주변이 조용한 걸 보니 그 무리들은 없는 것 같았다.

빈속에 무를 먹어서인지 속이 쓰리고 배가 살살 아팠다. 식은땀이 나고 어지러웠다. 배에 통증이 심해지더니 쥐어짜듯 아팠다. 배를 움켜잡고 움푹 파인 갈대숲에 들어가 누웠다. 마른 풀들이 바람을 막아 주어 추위가 덜했다. 눈이 스르르 감겼다.

사각사각 풀 밟는 발자국 소리에 눈을 떴다. 공기가 다르게 느껴졌다. 눈을 감기 전까지만 해도 서쪽으로 해가 기울고 있었는데 지금은 반대편 동쪽에 떠 있는 것을 보니 밤새 잠이 들었던 모양이다. 몸은 마른 풀들로 덮여 있었고 차림새가 독특한 사람이 눈앞에 보였다. 깜짝 놀라 몸을 반쯤 일으켜 세웠다.

"까례야?"

그는 내 눈을 똑바로 바라보며 조선인이냐고 물었다. 그가 쓰고 있는 모자가 독특해서 인상적이었다. 얼굴이 하얗고 눈썹이 짙고 눈매가 또렷한 데다 종이배 모양의 세모 모자가 잘 어울렸다. 일행이 있는지 둘러보니 혼자였다. 그는 내가 입을 다물고 있자 중얼거리며 일어섰다. 나를 가족을 잃은 조선인 거지로 알고 있는 것 같았다. 그는 발걸음을 떼려다 말고 몸을 숙여 마른 풀잎 한 움큼 더 집어서 내 몸 위에 덮어 주고 떠났다. 연해주에 살면서 보지 못했던 모자가 강하게 머릿속에 박혔다. 나는 다른 낯선 존재들이 오기 전에 떠나야 한다고 생각해 몸을 간신히 일으켰다.

배의 통증은 가라앉았지만 어지럼증은 여전했다. 몸을 지탱하기가 힘들었다. 일어서면 자꾸 주저앉아 두 발로 설 수가 없었다. 해가 지기 전에 웅덩이의 물이라도 찾으려는 마음에 안간힘을 썼다. 해가 중천에 떠올라 있을 때 잠시 앉아서 쉬는데 멀리 떨어진 곳 무성한 나무들 사이로 뭔가가 보였다. 뛸 듯이 반가웠다. 하지만 곧 낯선 것에 대한 두려움으로 바뀌어 선뜻 다가설 용기가 나지 않았다.

'저건 도대체 뭘까?'

나무로 기둥을 세우고 갈대를 엮어 만든 움집은 마치 동물 우리 같았다. 가까운 곳에 사람들이 살고 있는 것 같아 기다려 봐야겠다고 생각했다. 나무들 뒤에 숨어서 누군가 나타나기만을 기다렸다. 시간이 한참 지났는데도 개미 새끼 한 마리 나타나지 않았다.

어지럼증이 가라앉고 몸에 열이 오르기 시작하더니 차츰 불덩이처럼 변해 갔다. 열차 안에서 열이 올랐을 때와 비슷한 증상이었다. 오한이 계속되고 힘이 빠지면서 몸이 자꾸 옆으로 쓰러졌다. 까무룩 잠이 들었던지 깨어나 보니 움집 안이었다. 바닥은 동물 우리처럼 풀로 깔려 있었지만 몸에 덮여 있는 홑청 이불은 사람들이 사는 곳임을 증명해 주었다.

"내가 왜 여기 있지?"

입구로 기어가 고개를 내밀어 주변을 살폈다. 고요했다. 누가 오기 전에 몸을 빨리 숨겨야겠다는 생각이 들어 밖으로 나가려는데 몸이 마음처럼 움직여지지 않았다. 무거운 몸을 간신히 일으켜 밖으로 나갔을 때였다. 멀리서 아이와 아주머니가 걸어오고 있었다. 일단 몸을 숨기고 봐야겠다는 생각에 얼른 집 뒤로 숨었다. 나도 모르게 몸이 재빠르게 움직여졌다. 인간이 어떤 위급한 상황에 놓이면 자신의 능력을 뛰어넘는 힘이 생긴다더니 이럴 때 쓰는 말이라 생각했다. 그들은 다행히 나를 보지 못한 것 같았다. 아이가 뛰는 소리가 들리더니 목소리가 들렸다.

"없어졌어."

뭐가 없어졌단 말인가? 나를 찾는 건가? 러시아어로 말하는 것을 보니 그쪽에서 온 사람 같았다.

"뭐가?"

"그 언니."

"어디 간 거지? 열도 내리지 않았을 텐데."

아주머니가 나를 걱정해 주는 것 같아 안심이 되었다. 입이 바짝바짝 마르고 몸이 계속 떨렸다. 참을 수가 없어 슬금슬금 그들에게 다가갔다. 물을 좀 달라고 하려다가 그만 바닥으로 고꾸라지고 말았다. 둘은 나를 부축해서 안으로 들어갔다.

“가족과 떨어졌구먼! 불쌍한 것.”

눈을 감고 있는데 아주머니가 내 입속으로 물을 떠 넣으면서 말했다. 목소리가 엄마처럼 포근하게 느껴졌다. 갑자기 엄마와 할머니가 보고 싶어 눈물이 핑 돌았다. 열차 안에서 내가 408호로 갈 때 엄마가 울면서 나를 바라보았던 애절했던 눈빛이 머릿속을 감돌았다.

“엄마, 이 언니 열차에서 본 것 같아.”

아이의 말에 나는 정신이 번쩍 들었다.

‘나를 봤다고?’

귀가 쫑긋해졌다.

“그럼, 얘가 우리 칸에 같이 타고 왔다는 거야?”

“아니. 나 열나서 아플 때 같은 칸에 있었어.”

“얘도 열이 있었나 보네.”

“그런데 이 언니 엄마는 죽었어.”

아이가 잘못 보았다 생각했다.

“안됐구나! 그 열차에서 살아남은 우리가 어쩌면 비정상일지 모르지.”

연해주에서 함께 같은 열차를 타고 왔다면 어쩜 우리 가족의 소식을 알고 있을 것 같았다. 나는 뭐라도 물으려고 슬쩍 눈을 떠 보았다.

“아니! 얘야, 괜찮니?”

아주머니가 환한 미소를 지으며 조선말로 물었다. 나는 고개를 끄덕였다. 가족의 소식을 물으려는데 아주머니가 먼저 말을 했다.

“엄마가 돌아가셨니?”

“아니에요.”

나는 고개를 저으며 간신히 입을 열어 대답했다.

“그럼, 408호 열차 안에서 돌아가신 분은?”

모른다고 고개만 흔들었다. 아이가 우리 엄마라 생각하는 사람은 땜빵 엄마를 두고 한 말인 것 같았다.

“그러면 너는 왜 혼자니?”

엄마와 할머니에 대한 소식을 알아내기 위해서는 얼른 말을 해야 할 것 같아 힘들게 입을 열었다.

“열차를 타고 오다가 엄마와 할머니를 잃어버려서 찾으려고 이쪽으로 왔어요. 엄마가 열차에서 아기를 낳으려고 했는데.”

아주머니는 내가 힘들게 말하는 모습을 보고 나가서 물을 더 가지고 들어왔다. 물을 마시고 나니 조금 나아져 엄마가 열차에서 아기 때문에 진통했던 이야기, 가족이 모두 뛰어내리기로 해 놓고 열차에서 나만 내리게 된 이야기, 그 이후 털보 아저씨 집에서 지냈던 이야기 등등을 늘어놓았다. 아주머니는 내 이야기를 듣고 가엾다는 표정을 지으며 혀를 찼다. 그러고는 무슨 생각이라도 떠올랐는지 눈을 동그랗게 뜨고 나를 바라보았다.

"아, 맞다. 그럼 그 할머니 손녀인가 보네."

"저희 할머니를 보셨어요?"

"너희 할머니와 동생도 여기서 함께 살았단다. 혹시 할머니 이마에 사마귀가 있는 것 맞지?"

이마에 사마귀가 있다면 할머니가 분명했다. 엄마와 할머니를 찾았다 생각하니 가슴이 울렁거렸다. 할머니를 빨리 만나고 싶어 재빨리 대답했다.

"예. 맞아요. 우리 할머니가 맞아요. 근데 우리 할머니는 어디 있어요? 엄마는요?"

우리 가족이 맞는지 더 확인하기 위해 엄마에 대해 이야기를 해 주려 하는데 아주머니가 먼저 이야기를 꺼냈다.

"여기에 도착해서 엄마가 아이를 낳았어. 그런데 엄마는 하혈을 많이 해서 그만……."

"네? 그럼, 엄마는 어떻게 됐어요?"

“쓰러진 뒤 일어나지 못했어. 먹을 것이 있어야 기운을 내지.”

믿겨지지 않아 좀 더 확인을 해 봐야 할 것 같아 물었다.

“혹시 그 아기를 낳은 사람의 얼굴이 갸름하고 눈이 동그랗던가요?”

나는 엄마 얼굴에 나타난 특징을 이야기하고 나서 아주머니의 입술에 눈을 고정시켰다.

“맞는 것 같구나. 얼굴이 계란형으로 갸름하고 눈이 동그랗고 참 예쁘셨어.”

나는 손이 떨리고 입안이 말라 바로 말을 할 수가 없었다. 한참을 침묵한 뒤 조심스럽게 말을 꺼냈다.

“그럼, 머리가 길고 한 갈래로 묶고 있던가요? 우리 엄마는 머리를 한 갈래로 묶는 걸 좋아했는데. 머리가 짧다면 우리 엄마가 아니에요.”

아니라는 대답을 기대하며 침을 삼키고 아주머니 입술을 바라보았다. 아주머니는 대답 대신 고개를 끄덕였다. 믿고 싶지 않았다. 고였던 눈물이 흘러내렸다. 한동안 말을 하지 못하고 눈물만 닦았다. 열차 안에서 엄마를 잃고 어깨를 들썩이며 울었던 땜빵의 모습이 떠올랐다. 땜빵의 마음을 이해할 것 같았다. 엄마가 이 세상에 없다는 것이 실감 나지 않았다.

“좀 일찍 올 걸 그랬구나. 할머니는 며칠 전에 이곳을 떠났어.”

엄마가 죽은 것도 모자라 할머니가 아기를 데리고 이곳을 떠나 버렸다니 맥이 탁 풀렸다. 아주머니는 그동안 우리 가족에게 있었던 이야기를 들려주었다. 아주머니 가족과 우리 가족은 이곳 카자흐스탄에서 함께 내렸다고 했다. 우리가 타고 온 열차는 카자흐스탄과 우즈베키스탄에 정차해 사람들을 내려놓고 되돌아갔다는 것이다. 이 암흑 같은 허허벌판에 고립되어 오갈 데 없던 사람들은 나무와 갈대를 베어다가 움집을 짓고 모두 함께 살면서 농사를 시작했다. 406호까지는 이곳에 내렸고 407호부터는 우즈베키스탄으로 갔다고 했다. 아주머니 가족은 405호에 타고 있었고, 우리 가족은 406호에 타고 있었으니까 이곳 카자흐스탄에 내리게 된 것이다.

엄마는 이곳에 내리자마자 아기를 낳았는데 하혈을 계속한데다 이틀간 아무것도 먹지를 못해 숨을 거두었다고 했다. 엄마가 물 한 모금 삼키지 못하고 입술이 시퍼렇게 변해 추위에 떨며 죽어 갔다는 말을 들었을 때는 가슴에 통증이 일어 고통스러웠다. 아주머니는 눈물을 글썽이며 입을 꾹 다물었다. 침묵은 그동안 겪어 온 고난의 세월에 대한 말줄임표 같았다.

엄마가 세상을 뜬 뒤로 아기가 매일 보채고 울기만 해서 할머니도 병이 나고 말았는데 몸을 추스른 뒤 며칠이 안 되어 할머니도 이곳을 떠났다고 했다. 아주머니는 확실한 이유는 모르지만 아마도 그 갓난쟁이를 살려 보려고 젖동냥이라도 할 곳을 찾아 떠난 것 같다고 덧붙였다. 내가 털보 집으로 가지 않고 이쪽으로 왔다면 할머니와 함께 떠나게 되었을지도 모르는 일이었다.

우리 가족에게 닥친 시련이 너무도 잔혹하다는 생각에 말문이 막혔다. 한동안 아무 생각 없이 멍하니 있었다. 눈물만 하염없이 볼을 타고 내려왔다. 연해주에 있을 때부터 나에게 독하게 마음먹으라고 가르쳤던 엄마가 왜 그렇게 약하게 죽어 갔는지 야속하기만 했다. 할머니는 아기만을 소중하게 생각한 걸까? 엄마를 죽게 만든 것도 모자라 나를 기다리지도 않고 이곳을 떠난 것이 납득하기 어려웠다. 혹시 할머니가 나에 대한 생각은 하고 있었는지 궁금해 입을 열었다.

"혹시 우리 할머니가 저에 대한 이야기는 하지 않던가요?"

나는 질문을 던져 놓고 아주머니의 입을 바라보았다. 아주머니는 입을 다문 채 고개만 좌우로 흔들었다. 순간 당혹스러웠다.

'할머니는 나보다도 아기가 그렇게도 중요했단 말이야? 나

는 안중에도 없다는 말인가?'

나는 눈물이 나오려는 것을 삼키면서 다시 물었다.

"저희 할머니와 엄마도 함께 뛰어내리기로 했는데 혹시 그 이야기는 하지 않던가요?"

아주머니는 또 고개만 저었다. 할머니가 나에 대한 이야기는 당연히 했으리라 생각해서 물었는데 아무 말조차도 없었다니 배신감이 들었다. 가슴이 아파 손으로 움켜쥐었다. 아무도 살지 않는 황무지에 손녀를 홀로 떨어뜨린 큰 사건에 대해서 아무에게도 이야기하지 않았다니 이해할 수가 없었다. 할머니에게 나는 무엇이었는지 궁금해졌다. 할머니는 식음을 전폐하고 끙끙 앓으면서 나를 기다렸어야 했다. 할머니가 나를 포기한 것은 아닌지 두렵기까지 했다. 문득 열차에서 할머니가 나를 밀어낸 것 같은 의심이 들기도 했다. 열차 안에서 엄마와 배 속의 아이를 구하고자 제복에게 매달렸던 모습이 스쳐 지나갔다. 할머니는 엄마와 아이를 살리기 위해 나를 버렸을 수도 있었다.

"그럼, 혹시 러시아 연해주에 두고 온 손자 이야기는 하던가요?"

마지막으로 할머니의 마음을 확인하기 위해 물었지만 아무것도 모른다는 대답뿐이었다. 더 이상 물을 수가 없었다. 힘이 빠지고 이제 어디로 가야 할지 암담하기만 했다. 할머니는 나와 연해주에 두고 온 동생은 전혀 생각하지 않는 것 같았다. 화가 나서 또 눈물이 났다.

"어쩐다니? 갈 곳도 마땅치 않을 테니 여기에서 그냥 머물러야겠구나. 할머니에게도 어떤 말 못할 사정이 있었을 거야. 너무 서운하게 생각하지 마."

생각에 잠겨 있는데 아주머니가 위로의 말을 건넸다.

"예. 꼭 할머니를 찾아가겠어요."

열차에서 왜 나만 밀어내고 엄마와 할머니는 내리지 않았는지, 나를 손녀로 생각하고는 있는 것인지 확인해 보고 싶었다. 갓난아기 때문에 엄마를 죽게 만들고, 나를 기다리지도 않고 아기를 위해 떠나 버린 할머니의 행동을 용납할 수 없었다.

"할머니가 어디에 있는 줄 알고 가니? 지금 당장은 안 될 거야. 그 몸으로는 떠날 수 없어. 당분간 이곳에서 몸을 추스르고 날이 풀리면 떠나거라."

아주머니가 친절하게 말했다. 고마웠다. 아주머니 말이 틀린 건 아니었다. 지금의 몸 상태로 떠나는 것은 불가능했다.

해가 저물어 갈 무렵 사람들이 꾸역꾸역 몰려왔다. 스무 명쯤 되는 사람들이 이 작은 움집에 모여 산다는 것에 놀랐다. 내가 머물고 있는 곳은 여자 숙소인 듯 했다. 아무런 준비도 없이 허허벌판으로 내쫓기다시피 오게 되어 임시로 바람을 피할 움집을 몇 개 지어 놓고 한곳에서 여러 명이 함께 생활하고 있었던 것이다. 우리가 타고 온 지옥 열차의 객실 안과 다를 바가 없었다.

사람들이 들어와 나의 정체에 대해 궁금해하며 한 가지씩 물었다. 집은 어디이며 어떻게 혼자서 여기까지 왔는지, 가족과는 왜 떨어졌는지 등등 차례대로 물어 왔다. 나를 처음 만나는 어른마다 똑같은 질문이었다. 대답은 아주머니가 대신해 주었다. 사람들은 우리 할머니를 잘 알고 있었다.

사람들이 친절하게 보살펴 준 덕에 나는 기력이 빨리 회복되었고 그 뒤에는 일을 돕기도 했다. 일손이 부족해 꼬마 아이들까지 부모를 따라 일을 해야 할 형편이라 어쩔 수 없었다. 여자들은 주로 강가 주변에서 갈대를 뽑고 나무를 뽑아 농토를 넓혀 가는 일을 했고, 남자들이 할 일은 주로 강에서 물고기를 잡거나 산과 들로 다니면서 사냥을 해 오는 일이었다.

우리 아이들은 할머니와 엄마들을 따라가 갈대를 뽑아내어 밭을 넓히는 일을 함께했다. 갈대 뽑는 일은 쉬운 일이 아니었다. 뿌리가 깊숙이 박혀 잘 뽑히지 않고 대가 중간쯤에서 뚝 끊겨 버리는 경우가 많았다. 대가 중간에서 끊어진 것은 맨손으로 땅을

판 다음 남은 대를 잡고 뿌리를 뽑아내야 했다. 손톱에 흙이 끼어 들어 가 새까맣게 변하고 갈대에 손이 베어 상처투성이가 되어 갔다. 갈대를 많이 뽑아내야 그곳에 씨를 뿌리고 곡식과 채소를 가꿀 수 있기 때문에 땅을 넓혀 가는 작업은 계속되었다. 어렵게 마련한 땅은 기름지질 않아 매번 뿌린 씨에 비해 수확이 반밖에 되지 않았다.

몇 번 농사에 실패를 거듭하고 나서야 땅이 점차 기름진 옥토로 변하여 거두어들이는 식량들이 늘어 갔다. 하지만 사람들은 농사에 큰 욕심을 부리지 않았다. 조선이 나라를 되찾게 되면 곧 고국으로 돌아간다고 생각했기 때문이다. 러시아가 우리 조선인을 중앙아시아 버려진 땅에 강제 이주시켜 그 땅을 비옥한 농지로 개발하려고 속임수를 썼다는 것을 안 뒤로 우리 조선 사람들은 카자흐스탄에서 농사를 열심히 짓지 않았다.

“자, 이제 그만 집으로 가자. 온종일 뽑아도 티가 나지 않는구나.”

아주머니가 해 지는 것을 보고 말했다.

“엄마, 손이 너무 아파!”

아이는 손을 털어 내면서 울었다. 손에서 피가 흘렀다. 갈대를 뽑다가 이파리에 심하게 베인 모양이었다. 아주머니는 아이의 손을 호호 불어 주고 눈물을 닦아 주었다. 내 손도 피투성이가 되어 있었다. 그제야 쓰라린 통증이 느껴졌다. 처음 연해주에 갔을 때 온 가족이 맨손으로 땔감을 구하고 풀을 뽑아내어 밭을 일구었던 일들이 떠올랐다. 그곳에서는 아침마다 나가 마른 풀들을 맨손으로 긁어 와야 했다. 손바닥이 찢어져 엄마한테 매달려 울었던 기억들이 스쳐 지나가면서 서러움이 복받쳤다. 엄마는 내가 아파서 울 때마다 손에 굳은살이 생겨야 덜 힘들 거라면서 꼭 안아 주었다. 아주머니가 아이의 손을 불어 주며 눈물을 닦아 주는 것을 보니 엄마가 보고 싶어 덩달아 눈물이 났다.

우리 셋은 지친 몸으로 집에 들어가 풀죽을 끓여 먹었다. 풀의 모양은 5센티미터 정도의 난초 잎 같아 보이기도 하고 백합 잎 같아 보이기도 했다. 뿌리를 잘라 내며 아주머니께 물어보니 원추리풀이라고 했다. 농사지은 것을 수확하기 전까지는 풀죽을 먹어야 한다고 했다. 항상 배가 고팠다. 밭에 심어 놓은 밀과 보리, 콩과 옥수수 등은 이제 가운데 손가락만큼 싹이 올라왔으니 열매를 맺기까지는 까마득했다. 잠자리에 들 때면 밭에 심어 놓은 곡식들이 무럭무럭 자라기를 기도했다.

아침에 일어나자마자 죽을 먹고 다시 밭에 나갔다. 그렇게 온종일 밭에 나가 갈대를 뽑는 일이 우리의 일상이 되었다. 밭에 나갈 때마다 보이는 곡식들은 자라지 않고 매일 그대로인 것같이 느껴졌다.

"가끔 저쪽에 사는 사람들이 먹을 것을 갖다줄 때가 있었는데 요즘은 뜸하니 아쉽네."

아주머니가 배고프다고 보채는 아이를 어루만지며 말했다. 나도 배가 너무 고파 주저앉았다. 이 근처에 우리만 살고 있는 줄 알았더니 바로 옆 마을에는 본토인들이 살고 있었다. 마침 종이배 모자와 차림새가 비슷한 사람들이 멀리서 걸어가는 것이 보였다. 그들의 생김새는 러시아인과 우리 조선인을 혼합해 놓은 것 같았다. 내가 오다가 만난 종이배 모자는 러시아에서 이쪽으로 이주해 온 사람 같았다. 그 행렬에는 러시아 사람도 섞여 있었다.

"저 사람들 곁에 가까이 가지 마라. 처음에는 우리에게 모두 친절을 베풀어 주었는데 지금은 우리가 자기 땅에 와서 살고 있는 것을 못마땅하게 생각하는 사람이 늘고 있어."

아주머니는 본토인들이 지나가는 행렬을 바라보며 말했다. 간혹 두건처럼 생긴 모자를 쓴 사람들도 섞여 있었는데 이 모자와 종이배 모자가 카자흐스탄의 전통 모자라고 했다.

"저들 중에는 러시아에서 넘어와 사는 사람도 있어. 우리가 여기에 처음 왔을 때 먹을 것을 나누어 주는 사람들도 있었지. 모진 고난을 이겨 내고 연해주에서 이곳으로 이주해 온 우리를 본토 사람들은 까레야라 부른단다."

"숲에서 만난 사람은 착한 사람 같았어요."

"물론, 저들 중에 지금까지도 우리에게 친절을 베푸는 사람도 있지만 자기 나라라고 텃새를 부리는 사람도 있으니 조심해야 한다. 그래서 우리는 언젠가 우리 조선으로 돌아갈 마음의 준비를 하고 있어야 해. 언제가 될지는 모르지만."

우리 조선으로 갈 수만 있다면 이곳 사람들과 함께 있다가 이들이 움직일 때 따라가면 좋을 것 같았다.

갈대를 뽑고 있는데 움집에서 같이 생활하는 조영자 아주머니가 급하게 나에게 달려왔다. 옷매무새가 멀쑥한 걸 보니 어디를 다녀오는 모양이었다.

"얘, 언년아. 네 할머니가 어디 있는 줄 알아냈어."

마을 사람들은 내 이름을 언년이라고 불렀다. 사람들이 이름을 물을 때마다 언년이라고 대답했기 때문이다.

"예? 진짜 우리 할머니가 맞아요?"

"그때 함께 떠났다가 어젯밤에 우리 움집으로 되돌아온 사람이 있는데 너희 할머니가 기차역으로 가서 하얼빈으로 가는 열차를 탔다는구나. 하얼빈에 조선인들 마을이 있대. 거기에 가면 도와줄 사람이 있다고 했다는구나."

"하얼빈은 여기서 얼마나 가야 하나요?"

"거기는 중국 땅이니 기차를 타고도 수일이 걸릴 것 같은데? 여기서 조선으로 가는 사람들은 그쪽 하얼빈을 통해야 우리 조선으로 들어가는 길을 쉽게 찾을 수 있다고 하더구나."

"말도 안 돼."

울지 않으려고 안간힘을 썼지만 눈물이 줄줄 흘러내리는 것을 어찌하지 못했다. 할머니에게 몹시 서운했다. 당장이라도 하얼빈으로 달려가서 따지고 싶었다. 털보의 말을 듣지 않은 것이 후회되었다. 그가 하얼빈으로 가라고 했던 이유를 이제야 알 것 같았다. 그도 그쪽으로 가면 조선으로 들어가기가 쉽다고 했다.

"그런데 그 사람은 왜 돌아왔대요?"

아주머니가 물었다.

"그 사람은 원래 갈 곳이 없는 사람이었는데 아는 사람을 따라가서 살면 더 나을까 싶어 갔는데 배만 쫄쫄 굶다가 겨우 되돌아왔대요. 이곳을 떠나가도 마땅히 도움 받을 곳이 없다네요. 그냥 여기에서 열심히 농사를 지으면서 사는 것이 더 나을 것 같아 되돌아왔대요."

"다들 배를 곯아 죽을 지경인데 남 도와줄 정신이 어디 있겠어요."

조영자 아주머니는 집도 절도 없는 사람들이 어디를 가든 고생하는 건 다 마찬가지라면서 그냥 한곳에 머물다가 자리가 잡히면 고국으로 돌아가는 게 가장 나은 방법이라고 강조했다.

나는 바로 떠나야 할 것 같았다. 할머니가 있는 곳을 알게 되니 마음이 급해졌다. 날이 풀려서 떠나기 안성맞춤이었다. 그것보다도 할머니가 어디론가 또 떠나기 전에 빨리 가 봐야 할 것 같아 서둘렀다. 밤에 기회를 봐서 떠나기로 마음먹고 보따리를 미리 싸 놓았다. 배고플 것에 대비해 몰래 먹을 것을 챙겨 넣었다. 아주머니한테는 미안했다. 만반의 준비를 끝내 놓고 사람들이 모두 잠들기를 기다렸다.

벽에 기대앉아 깜박 졸다가 깨어 보니 새벽이었다. 모두들 곯아떨어진 것 같았다. 아무도 모르게 조용히 떠나고 싶어 서둘러 일어섰다. 떠들썩하게 작별 인사를 나누면 분명 말리는 사람이 있을 것 같았기 때문이다. 우선은 털보의 집 쪽으로 다시 돌아가 털보가 설명해 준대로 가야겠다고 생각하고 움집을 나섰다.

4. 브로에 카페

하얼빈역까지 오는 데 며칠이 걸렸는지 모른다. 오는 동안 제대로 먹지를 못해 어지럼증이 일었다. 역 광장으로 간신히 나와 벽을 잡고 눈을 감았다. 빠르게 움직이는 발자국 소리들이 등을 떠미는 듯해 무거운 눈꺼풀을 간신히 올렸다. 사람들이 모두 사라지기 전에 길을 물어야 할 것 같아 주변을 살폈다. 나를 힐끔힐끔 쳐다보고 코를 감싸 쥐며 얼굴을 찡그리는 사람도 있었다. 온통 들리는 말소리들은 중국어라서 암흑세계에 와 있는 것 같았다.

이곳에 도착하기 전까지만 해도 역에 내리기만 하면 모든 것이 다 해결될 것 같았다. 역 광장으로 나온 순간 그것은 꿈에 불과했다는 것을 깨달았다. 먼저 길이 여러 갈래로 나뉘어져 있어 어디로 가야 할지 막막했다. 역 광장에서 오가는 사람들 모두가 중국어를 쓰고 있었다. 러시아 본토 사람들은 금방 눈에 띄는데 아무리 둘러봐도 보이지 않았다. 내리자마자 정신을 바짝 차리고 러시아 사람부터 찾았어야 했다.

러시아 사람이 운영하는 상점이 있는지 찾아보려고 주변을 살펴보았다. 모두 한자일 뿐 러시아어로 된 간판은 없었다. 하얼빈역이 맞는지 다시 뒤돌아 확인했다. 하얼빈역이 틀림없었다. 방금 또 다른 열차가 도착했는지 역 안에서 사람들이 꾸역꾸역 나왔다. 이번에는 러시아인이나 조선인을 놓치지 않으려고 눈에 힘을 주고 출구를 바라보았다. 사람들 틈에 머리가 갈색인 사람이 언뜻 보였다. 얼굴도 하얀 걸 보니 러시아인 같았다. 놓치지 않으려고 사람들 틈새로 들어가 바짝 따라붙었다.

"실례합니다. 러시아 거리를 아시나요?"

나는 등을 톡톡 두드리며 러시아어로 말을 건네 보았다. 여인이 뒤돌아보고는 코를 감싸 쥐었다. 내 말을 알아들은 것 같아 다행이었다.

"러시아 사람들이 모여 사는 곳? 거기를 찾는다면 이쪽으로 직진해서 쭉 가면 됩니다."

여인이 나를 훑어보더니 집게손가락으로 방향을 가리키며

말했다. 안내하고 나서는 빠른 걸음으로 앞서 걸어갔다. 그 여인도 자신이 가리킨 쪽으로 가는 것을 보니 러시아 거리로 가는 것 같았다. 여인을 놓치지 않으려고 빨리 걸었지만 신발이 벗겨져 속도를 맞출 수가 없었다. 신발을 벗어 들어 밑창을 보니 곧 반으로 갈라질 위기에 놓여 있었다. 여인과의 간격을 좁히려면 차라리 신발을 벗고 맨발로 걷는 것이 더 편할 듯했다. 신발을 보따리에 찔러 넣고 발가락과 뒤꿈치의 맨살이 드러난 양말 발로 뒤를 쫓아갔다. 발이 시리고 아팠다. 거리를 지나는 사람들은 많지 않았다. 한참을 걸었는데도 러시아 거리는 나오지 않았다.

여인에게 바짝 다가가 한 번 더 물으려고 할 때 러시아 사람들이 한두 명씩 눈에 띄기 시작했다. 그들을 보니 고향에 온 것처럼 마음이 편하고 반가웠다. 거리의 사람들과 건축물들의 이미지가 연해주에 살 때와 비슷해서 러시아 거리라는 것을 짐작할 수 있었다. 둥근 지붕 위에 십자가가 우뚝 솟아 있는 건물이 눈앞에 보였다. 여인은 그 건물 안으로 들어갔다. 여인이 내 눈에서 보이지 않사 엄마를 잃은 것 같은 두려움이 몰려왔다. 그 건물은 연해주에서 보았던 정교회 성당 건물이라는 것을 한눈에 알 수 있었다. 저녁이 되기 전에 카페를 빨리 찾아야 할 것 같아 이름이 적힌 종이를 펼쳤다.

'브로에 카페'

나는 브로에 카페를 찾기 위해 주변 간판들을 확인하며 걸었다. 멀리 건물 벽 간판의 글씨가 희미하게 보였다. 가까이 가서 문 앞에 섰는데 러시아 사람 두 명이 문을 열고 나왔다. 나는 간판을 올려다보았다. 브로에 카페가 맞았다. 러시아어로 써 놓아서 금방 알 수 있었다. 카페에서 나오는 손님들마다 내 몸을 위아래로 훑어보며 코를 감싸 쥐고 갔다. 유리문에 비친 내 모습을 보고 나서야 이유를 알 것 같았다. 꼬질꼬질한 얼굴에 머리는 산발하고 때로 얼룩진 옷을 입고 맨발로 서 있는 아이의 모습은 그야말로 거지꼴이었다.

사람들이 뜸한 틈을 타 문을 살짝 열어 보았다. 손님은 많지 않았다. 러시아 청년이 차를 나르고 있었고 중국인인지 조선인인지 잘 분간이 되지 않는 중년 남자가 서성이면서 청년에게 지시하고 있었다. 청년은 종업원이고 중년 남자는 그곳을 관리하는 지배인 같았다. 털보가 말한 주인처럼 보이는 아주머니는 없었다. 슬금슬금 눈치를 살피며 들어가 구석의 빈자리에 앉아 허리의 보따리를 풀어놓았다. 허리의 짐을 풀고 나니 몸이 가벼워졌다. 의자도 편안하고 커피 향과 홍차 향이 코를 자극하니 군침이 돌았다. 오랜만에 홍차 향을 맡으니 기분이 좋았다. 주인을 찾으려고 주위를 살피다가 종업원과 눈이 마주쳤다. 그는 쟁반에 물컵을 받쳐 들고 내 쪽으로 걸어왔다. 물컵을 탁자에 내려놓은 뒤 나를 여기저기 훑어보더니 뒤돌아서 지배인에게로 빠르게 걸어갔다. 나는 물부터 벌컥벌컥 들이켰다. 살 것 같았다. 아무리 주변을 둘러봐도 주인처럼 생긴 여자는 보이지 않았다. 지배인이 고개를 옆으로 돌려 말을 건네자 종업원은 다시 내게로 와서 무턱대고 내 팔을 잡아끌었다.

"왜 그러세요? 주인아주머니를 만나러 왔어요."

"우리 업소는 당신 같은 거지한테는 차를 팔지 않아요."

"난 거지가 아니란 말이야. 나도 돈 있어."

"어서 당장 나가."

종업원은 출입문 쪽을 가리키며 소리쳤다.

"여기에 우리 조선인들이 많이 오신다고 들었어요. 그분들을 꼭 만나야 해요. 우리 할머니와 동생을 찾아 주실 분들이에요."

"빨리 일어나."

종업원은 내 말을 들으려 하지 않고 막무가내로 팔을 더 세게 잡아 나를 일으켰다. 나는 몸부림을 치며 자리에서 일어나지 않으려고 안간힘을 썼다. 그는 끈질기게 내 팔을 끌어 잡아당겼다. 팔이 빠질 듯이 아파서 한 손으로 그의 팔을 꼬집고 때렸다. 그는 내 머리를 세게 쳤다. 나는 화가 나서 그의 팔뚝을 물었다. 주인이 올 때까지 버텨야 한다고 생각했다. 그는 소리를 지르며 내 손을 놓았다. 지배인이 다가와 주변을 살피며 러시아어로 빨리 나가 달라고 말했다. 러시아어가 서툰 것을 보니 러시아어를 배운 지 얼마 안 된 것 같았다. 카페 안의 사람들이 모두 내가 있는 쪽을 바라보고 있었고 자리를 뜨는 사람도 있었다.

"저는 우리 가족을 찾아가야 해요. 여기에 오면 도와주실 분들을 만날 수 있다고 했단 말이에요. 제발!"

나는 지푸라기라도 잡으려는 심정으로 손을 싹싹 비비며 지배인에게 말했다. 손님들이 하나둘씩 일어나는 것을 보고 나서 지배인은 소리를 낮추긴 했지만 눈을 부라리면서 당장 나가라고 손짓했다. 내가 계속 버티고 있자 그는 종업원과 함께 내 팔을 양옆으로 끼고 밖으로 나와서 나를 거리에 내팽개쳤다. 종업원이 문을 열고 내 보따리를 휙 던졌다.

브로에 카페를 찾아오기만 하면 모두 나를 알아보고 따뜻하게 맞아 줄 거라 생각했는데 아는 사람이 하나도 없어 막막했다. 털보 아저씨가 카페를 잘못 말해 준 걸까? 내가 잘못 적어 온 걸까? 주변을 둘러봐도 조선인은 하나도 없고 러시아와 중국 사람들뿐이었다.

보따리를 주우려고 하는데 카페로 들어가려던 아저씨가 얼른 주워 나에게 건네주었다. 한쪽 눈을 안대로 가리고 있었지만 인상은 좋아 보였다. 애꾸눈 아저씨 옆에 서 있는 사람은 왼쪽 손에 쇠갈고리를 달고 있었다. 두 명의 차림새가 평범하지 않았다.

"가족을 잃었니?"

애꾸눈이 조선말로 물었다. 나는 조선말이 너무도 반가워 대답 대신 털보의 인상착의를 얘기하며 혹시 아는 사람인지를 물었다. 한눈에 나를 알아보고 조선말로 이야기한 것을 보니 털보를 알고 있는 사람 같았다.

"집은 어디냐?"

애꾸눈이 내가 묻는 말에 답하지 않고 물었다.

"……."

대답을 할 때가 아니라고 생각되어 머뭇거리며 말을 하지 않았다.

"집이 어디냐고 물었다."

이번에는 갈고리가 궁금한 듯 물었다. 아저씨들이 조선인이라면 내가 어디에서 왔는지를 알아야 될 것 같아 말했다.

"러시아에 있는 연해주에서 왔어요. 할머니와 제 동생이 이쪽으로 왔다고 해서요."

"뭐? 너 혼자서 여기까지?"

애꾸눈이 한쪽 눈을 동그랗게 뜨고 말했다.

"열차에서 원래 같이 뛰어내리기로 했는데 저 혼자만 내렸어요."

"열차에서? 중앙아시아 쪽으로 가는 그 열차 말이냐?"

애꾸눈은 그 열차가 어떤 열차인지 아는 것 같았다.

"할머니가 카자흐스탄에서 내렸는데 여기로 왔대요."

"아이고, 강제 이주 열차였던 모양이구나."

갈고리가 혀를 차면서 말했다.

"근데 아저씨는 제가 조선인인지 어떻게 아셨어요?"

"같은 동포끼리는 알아보는 법이지."

애꾸눈이 입가에 미소를 지으며 말했다. 갈고리는 나를 가엽다는 표정으로 바라보았다.

"함께 들어가자. 뭐라도 먹어야겠다."

갈고리가 오른쪽 손을 내밀었다. 그의 손은 내가 넘어졌을 때 손을 잡고 일으켜 준 아빠의 손처럼 따스했다. 나는 애꾸눈과 갈고리 아저씨의 가운데 끼어 카페 안으로 들어갔다. 나를 홀대했던 종업원과 지배인이 아저씨들을 반갑게 맞아 주었다. 그러고는 나에게 시선을 돌려 놀란 듯이 눈을 동그랗게 떴다. 나는 혀를 내밀어 약을 올렸다. 동생이 나에게 혼날 일이 생기면 할머니 품속으로 들어가 혀를 날름거리는 기분을 알 것 같았다. 유치한 행동을 한 것 같아 멋쩍었다.

"할머니를 찾으러 왔다 했지?"

"예. 할머니가 카자흐스탄에서 태어난 동생을 안고 이쪽으로 왔다고 해서요."

"그래? 그쪽이 살기 힘들어서 이쪽으로 온 사람들이 더러 있다는 얘기는 들었다. 우리가 알아봐 줄 테니 이 집에서 우리가 올 때까지 기다리고 있거라."

"예. 근데 여기서 있어도 되는 건지……."

종업원이 물을 갖고 와 탁자에 올려놓는 것을 보고 나는 눈치를 살피며 말했다.

"이 아저씨들이 주인에게 부탁해 놓을게."

"얼마 전까지만 해도 러시아 사람들이 우리 조선 사람을 반겨 줬는데 어쩌다 홀대받는 신세가 되었는지 참."

갈고리는 혼잣말을 하고는 창밖 멀리로 시선을 옮겼다. 종업원이 나를 바라보았다. 나는 눈을 흘기며 혀를 또 날름거렸다. 아저씨들이 옆에 있으니 내 보호자라도 되는 것처럼 든든했다. 아저씨들은 러시아 홍차를 시키고 나에게는 우유와 호밀 빵을 시켜 주었다. 우유와 빵을 먹고 나니 밥을 먹은 것처럼 든든했다.

다 먹고 나서 열차를 타고 가다가 탈출한 것에 대해 아주 자세하게 이야기해 주었다. 그리고 털보 아저씨 집에서 생활했던 이야기까지 모두 들려주었다.

"허참! 연해주에 있는 우리 동포들이 결국 모두 강제 이주되고 말았네 그려."

"몹쓸 놈들. 빨리 우리 대한 제국을 되찾아야 동포들이 고생을 안 하지."

대한 제국이라는 말은 아주 오랜만에 들어 보는 것이라서 가슴이 뭉클했다. 할아버지가 나라 이름으로 자주 사용했던 것인데 우리 조선인들이 연해주로 건너온 뒤로는 거의 사용하는 사람이 없었고 우리는 그냥 나라 없는 고려인이었다. 대한 제국은 1897년 고종 34년 10월부터 우리 조선이 일본과 1910년 8월 한일 합병 조약을 맺기 전까지 국호로 써 왔던 것인데 그 칭호를 지금 사용하는 것이 적절한지는 모르겠다. 한일 합병 조약은 우리 조선을 일본에게 넘겨주기로 한 치명적인 약속이었다고 들었다. 즉, 조선의 국민과 국토를 일본에게 넘겨준다고 수락한 것이었다. 그 뒤로 우리 조선은 나라 이름과 한글을 쓸 수 없게 되었고, 일제 강점의 지배하에 그들의 간섭을 받으며 힘들게 살아가야 했다. 우리 고려인은 이름도 분명하지 않은 나라의 백성으로 대륙을 떠돌며 고려인, 조선인, 까레이스키, 까레야라고 불리며 살아왔다.

러시아 연해주에 있을 때는 우리 조선인을 고려인이라 불렀는데 여기 하얼빈에서는 조선인으로 부르고 있었다. 중국 사람들의 말소리에서 조선인이라는 단어가 많이 들려왔기 때문에 짐작할 수 있었다. 러시아에서 까례야 즉, 고려인이라 불린 것은 영어인 코리아의 영향을 받았기 때문이다. 하얼빈으로 와서 조선이라는 단어를 듣다 보니 조선에 가까이 다가선 느낌이 들었다.

아저씨들이 찻잔을 거의 비웠을 즈음 아름다운 중년 부인이 어디선가 나타나 우리 테이블로 와서 아저씨들에게 정중하게 인사를 했다. 아저씨들은 반갑게 인사를 나누고 서로의 안부를 묻더니 애꾸눈 아저씨가 일어나 주인을 카운터 쪽으로 데리고 갔다. 주인은 나를 힐끔힐끔 쳐다보고 웃으며 아저씨와 대화를 나누었다. 내 이야기를 하는 것 같았다.

애꾸눈 아저씨는 돌아와서 나에게 할머니 소식을 가져올 때까지 여기서 심부름하면서 지내고 있으라고 했다. 아저씨들은 이곳 주인과 잘 아는 사이인 것 같았다. 애꾸눈 아저씨의 말을 들으니 할머니를 당장 내일이라도 만날 것 같아 기뻤다.

"아저씨, 꼭 오실 거지요? 저는 여기서 열심히 일하며 기다릴게요."

주인에게도 잘 보여야 할머니를 찾는 데 도움을 받을 것 같아 일을 열심히 해 주어야겠다고 생각했다.

"우리가 올 때까지 꼭 여기에 있어야 한다. 명심해야 해."

애꾸눈이 먼저 일어나며 말했다.

"예. 꼭 오셔야 해요."

갈고리도 내 머리를 쓰다듬으며 일어섰다. 두 아저씨가 일어서자 주인이 얼른 달려가 배웅을 했다.

"마담, 이 아이를 잘 좀 부탁하오."

주인은 아저씨들을 배웅하고 나서 나를 안채에 있는 방으로 안내했다. 주인은 나를 방에서 잠시 기다리라고 한 뒤 새 옷을 가져왔다. 그리고 욕실로 안내했다. 나무로 된 욕탕에 들어가 몸을 불려서 때를 밀었다. 시커먼 때가 국수 가락처럼 밀려 나왔다. 마무리로 비누칠을 하려는데 문 두드리는 소리가 났다.

"거의 다 했어요."

나는 주인이 준 원피스를 입고 카페 홀로 나갔다. 한 번도 입어 보지 않은 옷이어서 어색하고 불편했다.

"어머! 참 예쁘다!"

주인이 호들갑스럽게 말했다. 그러고 나서 팔에 걸치고 있던 스웨터를 내게 입혀 주고 원피스 칼라를 만져 주며 연신 웃었다. 나를 예쁘게 봐 주어서 다행이었다.

사람들이 몰려들자 주인은 내 손을 잡고 출입문 앞으로 가서 손님을 맞이했다. 러시아 사람, 중국 사람, 조선 사람들이 섞여 있었다. 세 가지 언어가 여기저기서 들려왔기 때문에 알 수 있었다. 우리 조선어와 러시아어는 잘 들렸지만 중국어는 한 마디도 알아듣지 못했다. 종업원은 무척 바빠 보였다. 내 옆을 지날 때 이름표가 눈에 들어왔다. 이름은 '바냐'였다. 바냐의 일손이 바빠지자 주인은 나한테 테이블 일을 도와주라고 했다. 바냐는 주문받은 차를 나르고 나는 다 마신 찻잔들을 테이블에서 걷어 왔다.

밤이 깊을수록 차를 마시는 손님보다는 술을 찾는 손님들이 많았다. 바냐가 술병을 세운 쟁반을 들고 앞장서면 나는 안주 접시를 들고 뒤를 따랐다. 어떤 남자 손님들은 새로 온 종업원이냐면서 엉큼한 표정을 지으며 웃기도 했다. 내가 마음에 든다고 자주 오겠다는 사람도 있었다. 주인은 연신 흐뭇한 미소를 지으며 나에게 지나치게 친절을 베풀었다. 일을 도와주려고 주방으로 들어가면 주방 일은 힘들다면서 홀에서 간단한 심부름만 하라고 했다. 할 수 없이 홀에서 바냐를 도왔다.

정신없이 손님 접대를 하고 나니 사람들이 하나둘씩 자리를 뜨고 새 손님은 들어오지 않았다. 손님들이 모두 자리를 비운 뒤 시계를 보니 10시가 넘었다. 주인은 지배인과 주방 아주머니, 바냐에게 시간이 늦었다며 내일 아침에 정리하고 다들 집으로 돌아가라고 했다. 내가 홀에 서서 주춤거리고 있자 주인은 옷을 갈아입었던 곳으로 데려가 거기서 자라고 했다.

방 안을 둘러보니 낮에 처음 들어왔을 때 보이지 않았던 것들이 눈에 들어왔다. 페인트를 칠한 지 오래된 것처럼 보이는 꼬질꼬질한 벽, 녹슨 못에 걸려 있는 금이 간 허름한 거울, 모서리들이 너덜너덜하고 서랍 하나가 빠져나간 서랍장, 옷을 넣어 놓을 수 있는 커다랗고 빛바랜 바구니는 방이 귀한 사람을 재워 주는 공간이 아니라는 것을 짐작케 해 주었다. 누런색에 가까운 하얀 시트를 씌워 놓은 간이침대에서는 벌레들이 스멀스멀 기어 나올 것 같은 느낌마저 들었다.

몸은 피곤했지만 걸레로 꼬질꼬질한 거울부터 닦았다. 낮에 옷을 갈아입을 때는 느끼지 못했는데 가까이서 보니 사람들의 지문이 수십 개 아니, 수백 개나 되는 것 같았다. 지문의 주인들은 어디에서 왔으며 또 어떤 사람들이었을지 궁금했다. 그들은 모두 어디로 떠나갔을까? 나처럼 가족을 잃고 길을 헤매는 사람들은 아니었을까? 돌아갈 나라마저 빼앗겨 마음이 불안한 사람들은 아니었을까? 얼룩을 다 닦고 나니 얼굴이 훨씬 선명하게 보였다. 이번에는 걸레를 빨아 서랍장을 닦고 침대도 털었다. 청소를 끝내고 보따리를 풀어 털보 집에서 가져온 옛 지도책을 꺼냈다. 한때 드넓었던 조선의 자랑스러운 영토를 한 번 더 보고 싶었기 때문이다. 그림을 보기만 해도 가슴이 뿌듯했다. 몸이 몹시 피곤해서 책을 다시 보따리에 넣고 누웠다. 침대에 눕자마자 스르르 잠이 왔다.

아침에 일어나 내가 입고 왔던 옷들을 찾았다. 옷 주머니에 돈을 넣어 둔 것이 생각났기 때문이다. 옷을 아무리 찾아도 없었다. 옷을 찾지 못하면 바지 주머니와 웃옷 안주머니에 넣어 두었던 돈을 모두 잃어버리게 되는 것이다.

'내 돈! 어쩌지?'

주인이 욕실 문을 두드리는 바람에 급하게 나오느라 벗은 옷들을 챙기지 못한 것이 떠올랐다. 누가 보기 전에 빨리 돈을 찾아야겠다는 생각이 들었다. 신발도 신지 않고 욕실에 들어가 여기저기 찾아보았다. 세탁물이 쌓여 있는 곳을 발견했으나 내 옷은 보이지 않고 바냐와 지배인의 유니폼과 식탁보와 의자 커버뿐이었다. 카페 안으로 들어가 보니 아무도 나와 있지 않았고 어두침

침했다. 늦게까지 장사를 해서 주인도 늦잠을 자는 모양이었다. 다시 방으로 들어와 구석구석 찾아보았다. 흔적조차 찾을 수가 없었다.

'그 돈이 있어야 여비로 쓸 수 있을 텐데.'

아무리 찾아도 나오지 않자 주인과 사람들이 나오면 묻기로 하고 얼른 욕실로 가서 세수를 하고 들어와 어제 입었던 옷을 그대로 입고 카페로 나갔다. 그때까지 아무런 인기척이 나지 않았다. 청소라도 해 놓으려고 빗자루와 걸레를 찾았다. 주방으로 들어가 보니 구석에 빗자루와 청소 용구가 나란히 세워져 있었다. 그것들을 모두 가지고 나와 청소를 했다.

우선 의자들을 모두 올리고 바닥을 빗자루로 쓸고 닦고 의자들을 내려놓았다. 의자들과 흐트러진 탁자들을 모두 반듯하게 정렬해 놓고 주방에서 행주를 빨아 와 탁자를 닦았다. 마지막 탁자를 닦는데 바냐가 들어왔다. 그는 캐주얼한 청바지 차림에 잠바를 입고 있어 다른 사람 같아 보였다.

"청소했어?"

"예."

"좋아!"

바냐가 웃으며 엄지손가락을 들어 보였다. 나를 거지 취급하며 앙칼지게 끌어냈을 때가 생각나 눈을 흘겼다. 바냐는 아랑곳하지 않고 나에게 잠깐 실례한다는 뜻으로 한 손을 들어 보이고 탈의실로 들어가 유니폼으로 갈아입고 나왔다. 유니폼으로 바꾸어 입으니 조금 전 발랄해 보이는 소년 이미지와는 달리 감정이라고는 조금도 없는 기계처럼 보였다. 어제는 이곳에 처음 들어와 어리둥절해 바냐의 얼굴을 자세히 보지 못했는데 오늘은 뚜렷하게 보였다. 나보다 두세 살쯤 더 많아 보이는 평범하게 생긴 러시아 사람이었다. 바냐는 밀대 걸레를 들고 욕실로 가서 빨아 가지고 나왔다. 그리고 바닥을 다시 밀었다. 내가 청소해 놓은 것이 마음에 들지 않았나 보다. 나는 행주를 빨아다 다시 탁자를 닦았다.

"도브라에 우뜨라?"

주인이 나오며 먼저 러시아어로 인사를 했다. 주인은 원래 조선인인데 연해주에서 오랫동안 살다가 이곳 하얼빈으로 이사를 와서 카페를 차렸다고 했다. 콧노래를 부르며 내려오는 것을 보니 기분이 좋아 보였다.

"도브라에 우뜨라?"

바냐와 나도 주인에게 인사를 했다. 이 카페에서 주인과 나는 조선인이고 주방 아주머니와 바냐는 러시아 사람이었다. 그리고 카페를 총 관리하는 지배인은 중국인이었다. 주인은 카페에서 러시아 전통차와 전통술을 팔고 있었기 때문에 카페의 분위기에 맞도록 러시아어를 쓰라고 했다. 주인이 홀 안을 점검하면서 내 앞을 지날 때 나는 옷에 대해서 물었다.

"저, 저, 제가 입고 온 옷이 없어졌는데 혹시……."

"아, 그 옷. 낡아서 그냥 버리라 했는데?"

주인은 아무렇지도 않은 듯이 말했다.

"버렸어요? 어디에요? 찾아야 해요."

"거기에 금덩어리라도 들었니? 옷은 얼마든지 사 줄 테니 그 걸레 같은 옷에 미련 두지 말거라."

"거기에 돈이 들어 있어요."

"밤에 누가 집어 갔나 보구나. 그냥 잊어버려. 여기서 일한 대가로 내가 돈을 줄 테니 그 돈 모아서 집으로 돌아갈 때 쓰렴."

"어제 저랑 온 아저씨들은 또 언제쯤 오시죠?"

"그분들은 당분간 못 오실 거야."

그 아저씨들은 바로 올 것 같았는데 주인 말을 듣고 나니 또 기약도 없이 기다려야 할 상황인 것 같았다. 이제 기다리는 것에는 익숙해져서 겁나지는 않았다. 그들이 오기만 한다면 얼마든지 기다릴 수 있을 것 같았다. 주인은 처음 이미지와는 아주 달라 보였다. 어제 본 첫인상은 화장을 진하게 해서인지 차가워 보였지만 지금 보이는 화장기 없는 얼굴은 우리 엄마같이 포근해 보였다. 주인이 일한 대가를 준다는 말은 믿어도 될 것 같았다.

보따리는 잘 있는지 확인하려고 방으로 잠시 들어갔다. 그것은 방에 그대로 놓여 있어 마음이 놓였다.

5. 안과 밖의 사람들

유니폼 원피스는 몸에 달라붙어 항상 불편했다. 엄마가 만들어 준 편안했던 옷이 생각났다. 새로 산 옷을 입고 싶어 엄마가 옷을 만들어 줄 때마다 싫다고 투정 부렸던 기억이 스쳐 지나갔다. 나는 세상에서 하나밖에 없는 그 옷들이 그리워지면서 눈물이 핑 돌았다. 가족들이 궁금해졌다.

할머니와 갓 태어난 동생은 어디에 있는 걸까? 혼자 두고 온 설국이는 고아원에서 잘 지내고 있을까? 연해주 경찰에게 끌려간 아빠는 어떻게 되었을까? 엄마는 정말 하늘나라로 간 것일까? 눈물이 주르르 흘러내렸다. 우리 가족에게 벌어진 일들이 모두 꿈이었으면 좋겠다고 생각했다.

바냐가 문을 두드렸다. 눈물을 훔치고 나갔다. 그는 내 얼굴을 빤히 쳐다보고 고개를 갸웃하더니 밥 먹자고 말했다.

두 테이블에 음식이 따로 차려져 있었다. 한쪽 테이블 위에는 밥과 국, 빵, 불고기, 구운 생선, 각종 야채 등이 있었고, 다른 한쪽에는 빵과 각종 야채, 양배추를 넣어 끓인 죽과 커피가 있었다. 푸짐한 쪽에는 주인과 지배인이 앉았고, 나와 바냐와 주방 아주머니는 그 옆 테이블에 앉았다. 우리 쪽의 음식은 푸짐하지 않았지만 연해주에 있을 때 할머니가 만들어 준 것과 비슷해서 입맛에는 맞았다. 연해주에서는 땅이 기름지지 않고 몹시 메말라 있어 밀 농사를 많이 지었다. 그 밀로 만든 빵은 러시아 사람들의 주식이라서 우리도 밥보다는 빵을 주로 먹었다.

식사가 끝나고 난 뒤 나는 알아서 설거지를 했다. 주인에게 특별히 잘 보여야 할머니를 찾는 데 도움이 될 것 같았다. 바냐도 눈치를 살피더니 그 테이블에 있는 접시들을 주방으로 가져갔다. 바냐와 나는 함께 설거지를 했다. 내가 접시를 닦아서 건네주면 바냐는 다시 맑은 물로 헹구어 엎어 놓았다. 바냐가 접시를 받으며 내 손을 일부러 만지는 것 같아 기분이 나빴다. 처음 만났을 때와는 달리 나에게 관심을 보이며 짓궂게 굴어 불편했다.

주방 아주머니는 각종 차를 만들었고, 지배인은 테이블과 의자들을 점검했다. 카페의 아침은 이렇게 바쁘게 시작되었다. 주인은 2층으로 올라가더니 한참 뒤에 명찰 하나를 들고 내려왔다.

“이젠 네 이름은 안나야. 여기는 러시아 전통 음식점이라서 모든 호칭을 러시아어로 바꿔야 해.”

다짜고짜 ‘안나’라고 새겨진 명찰을 받고 나니 얼떨떨했다. 낯선 이름이 어색하기만 했다. 하지만 언년이라는 이름보다는 세련되어 보여 기분이 나쁘지는 않았다. 주인은 다시 2층으로 올라가 짙게 화장을 하고 옷을 갈아입고 내려왔다.

점심때가 되자 손님들이 하나둘씩 들어왔다. 주인은 손님이 오는 시간을 알고 있는 것 같았다. 연인끼리 들어오는 사람도 있고 혼자 들어오는 중년 신사, 여러 명이 떼를 지어 오는 사람들도 있었다. 대낮이라서 차를 마시는 손님이 많았다. 바냐는 꾸역꾸역 몰려드는 손님들을 맞이하느라 바빠졌다. 나는 어떻게 해야 할지 몰라 들어오는 문 쪽과 주방 쪽을 번갈아 바라보기만 했다. 주인은 손님이 자리에 앉으면 나에게 바냐처럼 컵에 물을 따라 가지고 가서 주문을 받아 오라고 했다. 나는 컵을 내려놓다가 손이 떨려서 물을 엎질렀다. 바지에 물이 묻자 손님이 소리를 질렀다.

“이 아가씨가!”

조선인이었다. 나는 순간 머리가 하얘졌다. 손이 마구 떨렸다. 주인이 수건을 가지고 달려왔다. 나는 계속 죄송하다고 말하며 머리를 조아렸다. 주인은 수건으로 손님의 바지에 묻은 물기를 닦아 주며 말했다.

"손님, 죄송합니다. 이 아이가 처음이라서 그만, 실수를 했습니다. 교육 잘 시키겠습니다. 대신 오늘 찻값은 받지 않겠습니다. 안나, 너 뭐하니? 사죄드리지 않고."

손님은 내 이름표와 얼굴을 빤히 들여다보았다.

"러시아에서 데려온 아이고만."

실실 웃는 모습이 느끼했다. 물은 주인이 나르고 나는 문 앞에 서서 들어오는 손님에게 인사를 하며 빈자리로 안내하는 일을 맡았다. 손님이 들어오지 않을 때는 다 마시고 나간 테이블의 빈 컵들을 걷어다 주방에 놓아 주었다.

"어서 오세요. 저쪽으로"

오후가 되니 장꾼들이 장에 몰리듯이 사람들이 바글바글 몰려들었다. 바냐와 주인 그리고 지배인은 바쁘게 움직였다. 나도 문 앞에 서서 들어오는 손님들에게 자리를 안내하느라 분주하게 움직였다. 한차례 손님을 치르고 한가해졌을 때 지배인이 점심 겸 저녁으로 빵을 주었다. 좀 쉬려고 의자에 앉아 있는데 주인이 불렀다.

"안나, 이리 와 봐."

새 이름이 귀에 익지 않아 어색했다. 주인에게 다가가니 물컵과 주전자가 테이블 위에 있었다.

"자, 앉아 봐. 물은 이만큼이 적당해. 너무 많이 따르면 찰랑거려서 흘리게 된다. 그리고 손님 탁자에 놓을 때는 몸을 낮춰서 조심스럽게 내려놓아야 해. 최대한 공손한 자세로 말이지. 어디 한번 해 봐."

주인은 물을 컵에 반쯤 따르고 컵을 들어 탁자에 살며시 올려놓으면서 시범을 보이고는 내 쪽으로 컵과 주전자를 밀었다. 시범을 보이는 주인의 행동 하나하나에서 교양 있는 자태가 느껴졌다. 나는 주인이 가르쳐 준 대로 컵에 우선 물을 반쯤 따르고 쟁반에 올린 다음 옆의 탁자로 걸어가서 몸을 조금 수그리고 탁자에 살며시 올려놓았다. 손이 떨려서 물을 엎지를까 봐 가슴이 조마조마했다. 할머니를 찾으려면 주인의 비위를 잘 맞추어야 할 것 같아 최선을 다했다.

교육이 거의 끝나 갈 무렵 손님이 들어왔다. 억지웃음을 지으며 재빨리 뛰어가 손님을 맞이했다. 빈자리로 안내하고 주문을 받았다. 주인은 내 행동을 관찰하고 나서 웃으며 엄지 척을 해 주었다.

며칠을 일하고 나니 익숙해져서 수치스러움과 쑥스러움에 대한 감각이 무뎌졌다. 처음에 기계처럼 차와 술을 나르는 바나를 보았던 것처럼 나도 기계처럼 손님을 안내하는 무감각한 소녀로 변해 가는 것 같았다. 손님이 들어오면 출입구로 달려가 입을 양쪽으로 벌려 맞이하고, 손님이 자리에 앉으면 물을 갖고 가서 메뉴판을 건네고, 주문한 차나 음료 등을 쟁반에 올려 갖다주었다. 농담을 하면 받아 주는 일도 해야 했는데 그 일은 물을 나르고 차를 나르는 일보다 더 힘들었다.

주인은 손님들이 질문을 하면 상냥하게 웃으면서 대답하는 방법에 대해서도 여러 번 교육했다. 손님들과 내가 대화를 할 때 주인은 나를 바라보며 감시하는 것 같았다. 손님들이 기분 좋은 표정을 지으면 주인도 흐뭇한 미소를 지었다. 애꾸눈과 갈고리 아저씨는 아무리 기다려도 오지 않았다. 그들이 영영 오지 않을까 걱정이 되었다. 손님이 잠잠해지고 주인이 한가롭게 홀을 둘러보고 있었다.

“저, 저, 그, 그때 저랑 함께 들어온 아저씨들 언제 와요?”

나는 주인의 주변을 맴돌며 몇 번을 망설이다가 용기를 내서 물었다.

“나도 모르겠네? 요즘 다른 일이 생겼나?”

"무슨 일인데요? 무슨 일이 생겼대요?"

"그야 모르지! 그분들이 하는 일을 내가 어떻게 아니?"

"저는 빨리 그분들을 만나야 해요. 그분들이 우리 할머니 소식을 알아 놓았을지도 모른다고요. 어디에 사는지 아세요?"

그들이 바빠서 못 오는 형편이라면 나라도 찾아 나서 보려고 물었다.

"나도 몰라. 그분들이 집을 나한테 왜 알려 주겠니?"

"저는 우리 가족을 찾아가는 게 급해요."

"얘는, 그분들이 어떤 일을 하는 사람들인데 니 가족을 챙기겠어?"

힘이 쭉 빠졌다. 주인은 부정적으로만 말했다. 그들은 왜 나를 구해 줬을까? 이제 어떻게 할머니를 찾아가지? 머리가 복잡해서 일이 손에 잡히지 않았다.

"얘! 뭐하고 있니? 주문받지 않고."

손님이 들어오자 주인은 소리치고 2층으로 올라갔다. 이제 나를 하인 대하듯 일을 시켰다. 카페로 들어선 손님은 부부처럼 보였다. 그들은 창가 쪽에 자리를 잡고 앉았다. 쟁반에 물을 가지고 주문을 받으러 갔다. 카페 안에 손님은 둘뿐이었다. 둘은 우리 조선말로 이야기를 나누고 있었다. 대화 내용을 들어 보니 주로 조선을 걱정하면서 독립에 대한 이야기를 나누고 있었다. 그들은 평범한 조선인 부부 같았다. 그들에게 조심스럽게 다가가 테이블에 물컵을 내려놓았다.

"뭘 드시겠어요?"

내가 조선말로 물었더니 두 사람은 반가운 표정으로 나를 바라보았다.

"여기서는 처음 보는 것 같은데 조선 아이구나!"

남자가 반갑다는 말투로 말했다.

"예. 여기는 자주 오시나요?"

그들은 어딘가 모르게 믿음직스러워 보였다.

"어디서 왔니?"

여자가 물었다.

"연해주요."

도움을 청해 보려고 사실대로 말했다.

"러시아 연해주 말이니? 가족과 함께 왔니? 그래서 이름이 안나구나."

여자가 말했다. 우리 가족에 대해서 말해 주고 도움을 받고 싶었지만 아직은 때가 아닌 것 같았다.

"연해주에 자리 잡고 잘 살고 있는 우리 고려인 동포들을 그곳에서 멀리 떨어진 카자흐스탄이라는 허허벌판으로 강제 이주 시켰다는데 모두들 무사한지 모르겠어."

남자가 걱정스런 투로 말했다. 카페에 사람이 없어 바냐도 잠시 쉬러 들어간 것 같아 슬그머니 그들 앞에 앉았다.

"저도 그 열차를 타고 가다가 뛰어내려서 여기까지 왔어요."

부부가 혹시 나에게 도움을 줄까 생각하며 운을 띄워 보았다.

"뭐야? 어린것이 열차에서 뛰어내리다니 믿겨지지가 않네. 다친 데는 없니? 가족은?"

"저 혼자만 뛰어내렸어요. 그래서 가족을 찾으러 가는 중이에요."

"카자흐스탄으로 간 사람들은 고생 많이 하고 있다고 하던데?"

"카자흐스탄이요? 우리 할머니도 카자흐스탄으로 갔다가 이곳으로 왔다고 했어요."

나는 엄마와 할머니에 대해 자세히 말하고 열차 안에서 있었던 이야기도 해 주었다.

"그럼, 집안에 남자 어른신은 없는 게냐?"

남자가 물었다. 부부가 우리 동포를 걱정하고 있는 것을 보니 우리 가족 이야기를 해도 될 것 같았다. 도움이라도 받을까 싶어 독립운동을 한 할아버지에 대해서 이야기해 주었다. 아울러 열차에서 뛰어내려 털보 아저씨와 함께 있었던 이야기도 들려주었고, 카페에서 곤혹을 치르고 문밖으로 내팽개쳐졌을 때 만난 애꾸눈과 갈고리 아저씨에 대해서도 이야기해 주었다. 부부는 우리 할아버지를 잘 모르는 것 같았다.

"러시아 연해주에는 우리 동포들이 옛날부터 들어가 살고 있는데 그 털보 아저씨도 그렇게 자리 잡고 사는 우리 동포인 모양이구나!"

"가족은 없어요. 허허벌판 허름한 집에서 혼자 살아요. 주로 혼자 방에만 있었는데 가끔씩 나갔다 들어올 때도 있었어요. 러시아 경찰이 들이닥치는 날이면 밖으로 나가 숨었다가 들어오기도 했어요. 러시아 경찰들은 아저씨가 일본 사람인 줄 알고 있었대요. 아저씨는 일본 사람이 아니라 우리 조선인이었어요. 저한테는 친절했어요."

내가 말하는 동안 남자의 표정이 바뀌어 가고 있었다.

"그 털보가 혹시 눈이 부리부리하고 얼굴이 둥글고 가무잡잡하지 않더냐?"

"예, 맞아요. 아저씨가 아는 사람이세요? 얼굴은 무섭게 생겼는데 이야기를 해 보니까 착한 아저씨였어요."

두 사람은 얼굴이 상기되어 작은 소리로 말들을 주고받더니 나에게 말했다.

"널 구해 준 그 아저씨들이 오면 절대로 따라가서는 안 된다. 그 사람들은 털보와 함께 왜놈들에게 붙어서 협력하는 자들이야. 우리도 그놈들한테 속아서 큰일 날 뻔했어. 사람들을 잡아다가 징용이나 정신대로 데려가고 있어. 그 갈고리와 애꾸눈은 돈이 필요하면 너를 어디로 데려가 팔아넘길 수도 있어."

"예?"

남자의 말이 무슨 말인지 이해가 되지 않았다. 이곳으로 오기만 하면 할머니와 동생을 만나 편안하게 살게 될 줄 알았는데 갈 길을 잃은 것 같아 암담했다.

"털보가 너를 이곳으로 보낸 것도 다 꿍꿍이속이 있어서 그럴 거야."

남자의 말을 들으니 섬뜩했다. 인자해 보이는 것 같으면서도 언뜻언뜻 알 수 없는 무서운 털보의 표정들이 떠올랐다. 내가 겪었던 털보는 착한 사람 같았는데 말을 듣고 나니 어떤 것이 진실인지 가늠할 수 없어 마음이 혼란스러웠다.

"그 털보 아저씨는 뭐하는 사람인데요?"

"그자는 한적한 곳에 숨어 살면서 일본 놈들의 첩보 노릇을 하고 있어. 태극기를 내세워 조선 사람들을 안심시키고 뒤로는 일본을 돕고 있는 아주 야비한 놈이지. 그자는 사람들에게 많이 알려져 있어서 너를 이곳까지 데리고 올 수가 없었을 게다. 다른 사람을 시켜 너를 안심시키고 유인해서 이곳까지 오게 한 거야. 네 가족이 이쪽에 있다고 들어서 이곳까지 온 거 아니니? 그놈은 네 가족들을 노리고 있을 게야. 네 할아버지와 아버지가 독립운동을 했기 때문이지."

털보는 보따리에 들어 있는 태극기로 나를 안심시키고, 보따리에 돈을 넣어 놓아 이곳 하얼빈까지 오는 여비로 쓰도록 했나 보다. 나를 노리는 털보와 동고동락했다는 것을 생각하니 온몸에 소름이 돋았다. 이번에는 여자가 말을 이었다.

"털보는 너에게 최대한 친절하고 편안하게 접근한 다음 밖으로 유인하고 일행을 시켜 네 뒤를 밟게 한 게 틀림없다. 그러고 나서 털보가 알려 준 이쪽으로 오지 않고 카자흐스탄으로 가니까 그곳에 심어 놓은 심복을 시켜 너에게 가족의 정보를 알려 주고 이곳까지 유인을 한 게 틀림없어."

카자흐스탄에서 만난 조영자 아주머니가 생각났다.

"근데 왜 저를 유인하려고 하죠?"

"너를 인질로 잡고 소문을 내면 네 가족들이 찾아올 거라 생각하는 거겠지. 그러면 너희 가족들을 모두 잡을 수 있을 테니까. 독립운동을 한 사람들의 가족은 이쪽으로 유인해서 모두 잡아 어디론가 끌고 간다는구나. 모두 씨를 말려 버리려는 게지."

'내가 우리 가족을 잡는 미끼가 될 수도 있다고?'

정신이 바짝 들었다. 나는 내 몸이 그냥 나 개인의 몸인 줄 알았는데 그런 식으로 쓰일 수도 있다니 끔찍했다. 어떤 의미에서는 나를 보호하는 것이 가족을 보호하는 것일 수도 있다는 생각이 들었다. 할머니를 찾아서 꼭 가족을 만나야겠다는 갈망이 더 깊어졌다.

"저희 할머니가 정말 이곳으로 온 것이 맞을까요?"

다시 한 번 확인하고 싶어서 물었다.

"그건 장담하지 못해."

'장담하지 못하다니 그럼 나는 또 어떻게 되는 거지?'

혹시 할머니와 아기도 그 털보 일행이 납치라도 해 간 게 아닐까 걱정이 되었다.

"그럼, 저는 앞으로 어떻게 해야 해요?"

"이곳에서 잠시 머물고 있거라. 그 사람들이 오면 화장실이나 방에 들어가 몸을 숨기고. 그 사람들은 바빠서 이곳에 자주 들르지는 못할 거야. 일본 경찰들이 그 사람들에게 뒷돈을 주고 어떤 일을 시키고 있는 것 같거든."

대체 여기에서 무슨 일이 벌이지고 있는지 갈피를 잡지 못했다. 앞으로 나는 어떡해야 하는지 걱정이 되었다.

"아주머니와 아저씨는 어디에 사세요?"

"여기서 좀 떨어져 있는 조선인 마을에 살고 있단다."

"조선인 마을이요?"

"우리는 상해에 있는 동포들을 만날 일이 있어서 가는 중인데 새벽 기차를 타야 해서 잠시 들어온 거란다."

"저희 할머니도 카자흐스탄에서 하얼빈의 조선인 마을로 갔다고 들었어요. 돌아오시면 저희 할머니에 대한 소식을 알아봐 주실 수 있으세요?"

나는 할머니와 갓난 동생에 대해 이야기해 주며 부탁했다.

"그래, 그러마. 여기서 몸조심하며 기다리고 있거라."

"예. 고맙습니다. 고맙습니다. 꼭 좀 부탁드립니다. 이 찻값은 제가 낼게요. 그냥 가세요."

"아니다. 네가 무슨 돈이 있다고. 이 아줌마가 낼게. 이건 급한 일이 있을 때 쓰거라."

아주머니가 일어서면서 내 손에 돈까지 쥐어 주었다. 부부에게서 어떤 강한 힘이 느껴졌다. 할머니 소식을 꼭 알아 가지고 돌아올 것 같은 느낌이 들었다. 아주머니와 작별 인사를 나누고 나니 엄마가 또 보고 싶어졌다. 눈물이 나려는 걸 눈을 깜박거리며 참았다. 카페가 한가한 시간이라서 다행이었다. 탈의실에서 바냐가 나오고 2층에서 주인이 내려왔다. 손님이 나가는 문소리를 듣고 나온 모양이었다.

"자! 내일 아침 일찍 내가 나가 봐야 하니까 오늘은 일찍 문을 닫는다. 바냐도 일찍 집에 들어가고 안나는 오랜만에 일찍 자거라."

바냐는 좋아서 싱긋 웃고는 탈의실로 들어갔다. 웃는 얼굴이 느끼해 보였다. 옷을 갈아입고 나와 휘파람을 불며 나에게 윙크를 하고 손을 흔들며 나갔다. 바냐가 나를 대하는 태도가 점점 부드러워져 부담스러웠다. 그의 딱딱해 보이는 첫인상과는 달리 노골적으로 남자 행세를 하는 것 같아 볼썽사나워 보이기도 했다. 주인은 2층으로 올라가며 나에게 문단속을 잘하라고 했다.

나는 저녁에 들렀던 아주머니와 아저씨의 말 때문에 잠을 이루지 못했다. 여기에는 언제까지 있어야 하나? 그러고 보면 카페도 안전한 곳이 아니었다. 여기서 나가면 갈 곳도 마땅치 않았다. 더군다나 내가 중국어를 못해서 나가게 되면 더 위험해질 수도 있을 것 같았다. 하얼빈역에 내려서 아무 소리도 알아듣지 못해 암담했던 기억이 떠올랐다. 이런저런 생각을 하다 보니 한잠도 못 자고 뜬눈으로 밤을 샜다.

이른 아침인데 카페 문 여는 소리가 들렸다. 주인이 나가는가 보다 생각하고 그냥 누워 있었다. 그런데 내 방 쪽으로 발소리가 들려와 얼른 옷을 입었다. 노크도 없이 문이 열려 깜짝 놀랐다. 바냐였다.

“이렇게 일찍 웬일이죠?”

“안나 보고 싶어서.”

‘얘가 미친 거 아니야? 재수 없어.’

바냐의 징그러운 소리에 소름이 돋았다. 바냐는 내 놀란 표정에 반응도 하지 않고 나를 무작정 밀고 들어왔다. 며칠 전부터 바냐의 눈초리와 태도가 이상하더니 오늘 주인이 나간 틈을 이용해 일을 벌이려고 계획한 모양이었다. 나는 당장 어떻게 해야 할지 좋은 생각이 떠오르지 않았다.

“바냐, 너 주인한테 이를 거야. 빨리 꺼져!”

엊그제부터 처음으로 생리를 시작해 불안한데 바냐까지 신경 쓰이게 해서 짜증 났다.

“나는 너를 아무도 모르게 죽일 수도 있어. 너는 갈 곳 없는 거지잖아.”

"내가 왜 거지야? 우리 할머니만 찾으면 우리 집으로 갈 수 있어."

"너는 조선인도 아니고 러시아 사람도 아니고 여기 중국 사람도 아니잖아! 너네 까레야들이 다 그런 신세지. 나에게 죽고 싶지 않으면 내 말 잘 들어. 네 나라 조선을 일본이 점령하고 있는데 니가 갈 곳이 어딨니?"

바냐 말이 틀린 것은 아니었다. 연해주에서 사는 우리 조선인들은 중앙아시아 허허벌판으로 추방을 당하면서 갈 곳을 잃었다. 조선은 일본이 점령하고 있어 사실은 돌아갈 수 있을지 걱정이 되었다. 바냐는 나보다 강자라는 것을 뽐내듯 의기양양해져서 나에게 벌레처럼 스멀스멀 다가왔다.

"우웩, 우웩. 잠깐! 속이 안 좋아. 토가 나오려고 해. 어제 저녁에 빵 먹은 것이 체했나 봐."

나는 그 상황에서 탈출을 해야 한다는 생각에 거짓말을 하고 달려 나갔다. 일단 나와서 카페로 들어갔다. 숨을 곳을 찾다가 주방으로 들어가 조리대 밑에 웅크리고 앉아서 빗자루와 걸레로 앞을 가렸다. 꼼짝하지 않고 주방 아주머니나 지배인 아저씨를 기다릴 생각이었다. 바냐는 나를 찾으러 여기저기 돌아다니는 것 같았다. 주방으로 들어와 빗자루와 걸레를 치우고 나를 찾아냈다. 바냐는 나에게 손가락질을 하며 비웃었다.

“겨우 숨는다는 데가 여기야?”

“너 한 번만 더 그러면 나한테 죽을 줄 알아.”

일부러 포악한 말을 내뱉으며 주방에서 나왔다. 내가 어리고 힘이 없어 보이니까 바냐도 나를 업신여겨 달려드는 것 같았기 때문이다. 좀 더 강해지기로 마음먹었다. 바냐가 기다렸다는 듯이 실실 웃으며 나에게로 다가왔다. 나는 슬슬 뒷걸음질을 쳤다. 그럴수록 바냐는 빠르게 나를 벽 쪽으로 몰았다. 내가 벽에 부딪쳐 꼼짝 못하고 있을 때 내 몸에 바짝 밀착하고 바지 벨트를 풀었다. 시계를 보니 주방 아주머니와 지배인이 오려면 1시간 정도 있어야 했다. 바냐는 당연히 시간 계산을 하고 있었을 것이었다.

밖에는 비가 내리고 있었다. 카페 안이 음산했다. 왼쪽으로 스위치가 보였다. 바냐가 내 왼쪽 팔을 잡은 채로 출입문 쪽을 바라보는 사이 나는 얼른 오른쪽 팔을 왼쪽으로 뻗어 불을 켰다. 바냐는 미간을 찌푸리더니 내 두 팔을 꼼짝 못하게 잡고 나를 벽 모서리 쪽으로 밀어 넣었다. 나는 바냐의 품에서 빠져나오려고 발버둥을 쳤다. 바냐는 능글맞게 웃으며 자기 입을 내 입에 갖다 대려고 고개를 이리 돌리고 저리 돌렸다. 나는 입이 바냐의 입술에 닿지 않도록 머리를 양옆으로 마구 흔들며 소리를 질렀다. 바냐는 비열한 미소를 지으며 한 손으로 자기 바지를 반쯤 내렸다. 나는 그 틈을 타서 한 손으로 바냐의 뺨을 때렸다. 바냐의 표정이 변하더니 사나운 짐승처럼 달려들었다.

순간 문소리가 들렸다. 누구인지 구세주 같았다. 바냐가 나보다 더 놀라는 눈치였다. 문 잠그는 걸 잊은 모양이었다. 손님이었다. 문을 열 시간이 아니었는데 불을 켜 놓은 바람에 영업을 하는 줄 알았나 보다. 바냐는 옷을 올리며 주방 쪽으로 재빨리 달아났다. 나는 머리를 매만지며 손님을 향해서 고맙다는 뜻으로 머리를 몇 번이나 조아렸다.

"불이 켜져 있어서…… 문을 연 줄 알았네."

"옷이 다 젖었네요?"

"기차에서 내리니까 비가 쏟아져서."

나는 재빨리 수건을 갖다주며 자리로 안내했다.

"고맙다."

손님은 우리 조선 사람 같은데 이곳이 러시아 카페여서인지 러시아어로 말했다. 우산이 없어 비를 피하기 위해 무작정 들어온 것 같았다. 하늘이 비를 내려 준 것은 나를 돕기 위한 것 같았다.

"아직 차 만드시는 분이 안 나왔는데 조금만 기다리겠어요?"

"급하지 않으니 천천히 줘도 된다."

얼굴과 목소리가 낯익은 듯해서 자꾸 바라보게 되었다. 아저씨도 자주 내 쪽을 바라보며 고개를 갸웃거리고 있었다. 나는 얼른 내 방으로 들어가 씻고 옷매무새를 단정히 하고 나왔다. 조심스럽게 바닥 청소를 하고 테이블 위를 닦았다. 청소를 다 끝내고 나니 주방 아주머니가 들어오고 지배인 아저씨도 뒤따라 들어왔다. 바냐는 보이지 않았다.

"벌써 손님이 와 계시네."

주방 아주머니는 지각이라도 한 죄인처럼 주방으로 얼른 뛰어 들어갔다. 나는 물을 가지고 가서 메뉴판을 내밀었다. 손님은 메뉴판을 펼쳐 보지도 않고 러시아 홍차를 달라고 했다. 가끔 들르는 손님 같았다. 내게 메뉴판을 건네면서 얼굴을 빤히 바라봤다. 이 브로에 카페는 러시아 전통차로 유명하기 때문에 아는 사람들은 메뉴판을 보지 않고 러시아 홍차를 시켰다. 주방 아주머니는 금방 홍차를 만들어 내밀었다. 바냐가 화장실 쪽에서 나오더니 뛰어가 차를 얼른 쟁반에 담아 갖다주었다. 바냐는 차를 내려놓고 곧바로 나에게 와서 손님이 찾는다고 말했다.

"너 그 열차 안에서 만난 그 아이 아니네?"

아저씨가 우리 조선말로 물었다. 사투리를 들으니 그 아저씨가 틀림없었다. 깜짝 놀랐다.

"아저씨! 어쩐지 아저씨가 들어오셨을 때 어디서 많이 뵌 분 같았어요."

"네가 여기까지 어쩐 일이네? 할머니와 어머니는 어드러케 됐네?"

나는 그동안 있었던 이야기를 아저씨에게 대략 들려주었다.

"우리가 어쩌다가 이 지경에까지 이르렀는지 모르갔어. 한 때는 우리나라도 강성했던 때가 있었는데 말이디. 그때는 아마 이 주변도 우리 땅이었을 기야. 그런데 지금은 돌아갈 나라가 없어졌으니 이렇게 타국 땅에서 마지못해 연명하며 살아가는 신세가 되었구나."

"여기가 조선의 땅이었다고요?"

"기래 아주 옛날이지만 고구려 영락 대왕 때 이곳까지 영토를 넓혔디. 영락 대왕이 돌아가신 뒤에는 대왕의 공덕을 기리기 위해 시호를 국강상 광개토경 평안 호태왕이라고 지어 이를 줄여서 광개토 대왕이라고 부르기도 한단다."

털보 집에서 가져온 책《조선 옛 지도》가 생각났다.

"아저씨는 그동안 어떻게 지내셨어요?"

아저씨는 잠시 침묵하더니 이야기를 들려주었다. 아저씨와 땜빵이 뛰어내린 곳은 인적 없는 들판이었는데 일부러 아무것도 없는 허허벌판을 택해서 뛰어내렸다고 했다. 사람들이 사는 곳은 러시아 경찰이 단속을 할 수가 있어 아예 아무도 없는 곳이 낫다고 생각했기 때문이라는 것이다.

아저씨는 탈출 후 몇 달 동안 걸어서 풀로 끼니를 때우며 이곳 하얼빈으로 넘어왔다고 했다. 대부분의 조선 사람들이 하얼빈 주변 나라에서 길을 잃으면 우선 이곳으로 찾아온다고 했다. 이곳에서는 조선으로 들어가기도 쉽고 독립운동을 하는 사람들이 많이 들어와 있어 도움을 받을 수 있다는 것이다. 아저씨는 조선인 마을에서 사람들의 도움을 받아 농사를 짓고 있다고 했다. 아저씨는 이야기를 하는 동안 땜빵에 대해서는 한마디도 언급하지 않았다. 땜빵의 비명 기억이 되살아나 섬뜩했다.

"그럼, 아저씨도 조선인 마을에 살아요? 땜빵 아, 아니, 아드님은요?"

궁금해서 조심스럽게 물었다.

"……."

아저씨는 먼 곳을 바라보며 눈을 껌벅거리고는 말을 하지 않았다. 느낌으로 알 수 있었다. 땜빵이 죽었다는 것을. 아저씨에게 나를 데려가 달라고 말하고 싶었지만 차마 말을 할 수가 없었다. 아저씨는 밖에 비가 그쳤다며 일어서려다가 종이와 연필을 꺼내 들었다.

“아저씨가 주소 적어 줄기니 나중에 놀러 오라우.”

따라나서지 못해서 아쉬웠지만 주소라도 받아 놓으니 든든했다. 아저씨는 나중에 힘든 일이 있을 때 꼭 찾아오라고 덧붙이고 일어섰다.

바냐는 계속 내 눈치만 살피고 있었다. 나는 마주칠 때마다 눈을 흘겨 주었다. 다음부터 얼씬도 못하게 강한 이미지를 보여 줄 필요가 있었다. 바냐와 내가 으르렁거리며 무언의 대화를 주고받을 때 주인이 들어왔다. 무슨 좋은 일이 있었는지 싱글벙글하며 내게 봉투를 내밀었다. 밖에서 돈이 생긴 모양이었다.

“안나, 이제 너를 보고 오는 손님이 늘었어. 조선으로 돌아가 봐야 굶주림에 고생만 하니까 그냥 여기서 눌러 있는 게 좋을 거야. 돈도 많이 올려 주고 맛있는 것도 실컷 먹여 줄 테니. 일본이 미국과 전쟁을 시작하면서 조선에서 군수품과 군자금을 반강제적으로 모금하고 있다고 들었다. 그리고 이름을 모두 일본 이름으로 바꾸어야 학교도 다닐 수 있고 상급 학교로 진학도 할 수 있다는구나. 우리 조선의 모든 것을 일본식으로 바꿔 가고 있어. 니가 계속 여기서 일해 주면 내년에는 학교도 보내 줄게. 근데 니가 지금 몇 살이지?”

"열네 살이요."

학교를 보내 준다는 말에 마음이 흔들렸다. 하지만 주인이 나를 이곳에 잡아 두려고 거짓말을 하는 것일 수도 있다는 생각이 들어 주인의 말을 곧이곧대로 믿지 않았다. 이를 떠나서 저녁에 술을 마시러 오는 손님들이 싫어서 오래 있고 싶지가 않았다.

주인은 시간이 지날수록 나에게 서슴없이 술 접대 일까지 시켰다. 두툼해지는 월급봉투는 앞날의 고단함을 예고하는 것 같아서 그다지 좋지는 않았다. 내가 주인의 딸이었어도 술 접대 일을 시켰을까? 주인은 술손님이 들어오면 바냐보다는 내가 가도록 지시했다. 그러다 보니 바냐가 나를 바라보는 시선이 곱지 않았다. 일자리에 대한 위협을 느낀 모양이었다. 그는 틈만 나면 내가 나라를 일본에게 빼앗겨 돌아갈 곳도 없고 자기의 나라 러시아에서도 쫓겨난 '까례야'라면서 말을 안 들으면 죽일 수도 있다고 협박까지 했다. 주인이 가게를 비우는 날이면 달려들어 겁탈하려는 일도 잦아졌다. 그럴 때마다 그의 손과 팔뚝을 물고 늘어졌다. 그는 점점 사나운 늑대처럼 변해 갔다.

단골손님들도 나와 친해지면 음란한 이야기를 하고, 실수를 하면 욕을 하기도 했다. 감당하기가 힘들었다. 차라리 카자흐스탄에서처럼 힘들게 일할 때가 좋았다. 더 오래 있다가는 정신병에 걸릴 것 같았다. 조선인 마을로 찾아가야겠다고 생각했다. 땜빵 아빠의 농사일을 도우면서 할머니를 찾으러 갈 기회를 만들어 볼 작정이었다.

나는 지배인 아저씨에게 살갑게 다가가 필요한 중국어를 한 마디씩 배워 갔다. 여기서 나가면 최소한의 중국어 단어는 알고 있어야 조선인 마을에 무사히 찾아갈 것 같았다.

일본인들과 그들의 협력자들도 모자라 바냐마저도 내 목숨을 노리고 있는 것 같아 하루라도 일찍 카페를 떠나야겠다고 생각했다. 상해에 다녀온다던 아주머니와 아저씨는 함흥차사라서 더 이상 기다릴 수가 없었다. 짐을 챙기려고 보따리를 풀었더니 태극기 두 개와 털보 집에서 가져온 지도책이 가지런히 놓여 있었다. 가슴이 뭉클했다. 다시 한 번 우리 조선의 옛 지도가 보고 싶어 책을 펼쳤다. 할머니가 태극기는 우리 조선을 상징하는 깃발이라고 하면서 언젠가는 나라를 되찾아 이 깃발과 함께 조선으로 꼭 돌아가야 한다고 했던 말이 스쳐 지나갔다. 털보가 나에게 태극기를 맡긴 것이 그런 의미였을 수도 있다고 생각했다. 자기 자신은 조선으로 돌아가지 못한다 해도 태극기만은 돌려보내고 싶었던 마음이었을까? 할머니는 나라가 있어야 남에게 무시당하지 않는다며 꼭 나라를 되찾아야 한다고 입버릇처럼 말했다. 당시에는 무슨 의미인지 느끼지 못했는데 바냐가 그 의미를 깨우쳐 주었다. 나라는 바로 나의 믿음직한 보호자라는 것을 절실하게 깨달았다. 할머니가 연해주를 떠나올 때 장롱 깊숙이 보관하고 있었던 태극기를 보따리에 싸서 가져온 것을 보면 할머니가 나라를 얼마나 소중하게 생각하고 있는지를 알 것 같았다.

아저씨가 적어 준 주소를 찾아 바지 주머니에 넣었다. 월급 받아 모아 놓은 돈과 옷가지를 보따리에 챙겨 허리에 질끈 동여매고 나왔다.

6. 지옥의 실험실

'조선인 마을에 무사히 찾아갈 수 있을까?'

땜빵 아빠가 오셨을 때 안면몰수하고 데려가 달라고 매달렸어야 했다. 땜빵 안부를 물었을 때 말없이 시무룩한 표정을 지어 차마 입이 떨어지지 않았다.

하얼빈역과 러시아 거리밖에 모르는데 주소만 가지고 찾아가려니 막막했다. 우선은 카페에서 멀리 벗어나야 한다는 생각에 정신없이 걷다 보니 하얼빈역 쪽으로 가고 있었다. 아무래도 발이 익숙한 길 쪽으로 향한 것 같았다. 역으로 가서 사람들에게 물어봐야겠다는 생각에 더 빠르게 걸었다.

하얼빈역 가까이 갔을 때 동이 터 올랐다. 역 건물이 시야에

뚜렷이 들어왔다. 사람들이 뜸하게 오가고 있었다. 대합실에서 막 나오는 아주머니가 눈에 띄었다. 옷차림새나 보따리를 머리에 이고 가는 모습이 우리 조선인 같아 보였다. 아주머니를 놓칠까 봐 뛰어서 그 앞으로 다가갔다.

"혹시 여기서 조선인 마을로 가려면 어떻게 해야 하나요?"

나는 조선말로 물었다.

"이쪽으로 쭉 가면 버스 타는 곳이 있는데 거기서 다시 한 번 물어보렴."

"예. 고맙습니다."

버스만 타면 조선인 마을에 갈 수 있다니 찾아가기가 생각보다 쉬울 것 같았다. 버스 타는 곳은 역에서 멀지 않았다. 사람들에게 조선인 마을로 가는 버스를 물었더니 무녕현 서하남으로 가는 버스를 타라고 했다. 버스 타는 곳으로 가서 다시 물었더니 막 떠나려는 버스가 그곳으로 가는 것이라고 했다. 얼른 올라타서 운전석 바로 뒷좌석 창가 쪽에 앉았다. 버스는 천천히 달려 한참 뒤 하얼빈 시내를 벗어나 시골길을 달렸다. 중간중간 내리는 사람들도 있었다. 사람들이 몇 명 남지 않았을 때 기사 아저씨에게 조선인 마을을 물었더니 놀란 표성을 지었다. 내가 알아듣지 못하는 중국어로 설명하더니 뒤쪽 방향으로 손짓을 하며 차를 세웠다. 아저씨의 표정과 행동은 조선인 마을을 지나쳐 왔으니 여기서 내려 되돌아가라는 것 같았다. 나는 얼른 내렸다. 버스 종착지가 조선인 마을인 줄 알고 묻지 않았던 것이 후회스러웠다.

날이 어두워지기 전에 조선인 마을에 도착해야 할 것 같아 도로를 건너 되돌아가는 버스가 빨리 오기를 기다렸다. 아무리 기다려도 버스는 오지 않았다. 버스가 언제 올지 모르니 걷다가 버스가 오면 손을 들어 세울 생각으로 발걸음을 뗐다.

한참을 걸었을 때 자동차 소리가 들려 뒤를 돌아보니 차 한 대가 달려왔다. 그전에도 몇 차례 차가 지나갔지만 손을 들지 않았다. 차를 잘못 탔다가 또 어떤 봉변을 당할지 모르기 때문에 신중하게 행동해야 했다. 차가 지나가다가 멈추더니 뒤로 후진해서 내 앞 가까이에 섰다. 탑승한 사람들은 군복을 입고 있어 무서웠다. 조수석에 앉은 남자가 미소를 지으며 타라고 손짓했다. 타지 않겠다고 고개와 손을 흔들자 남자 두 명이 차에서 내려 다가왔다. 서로 얼굴을 바라보며 눈짓하는 것을 보니 뭔가 꿍꿍이속이 있어 보였다. 운전석에 앉았던 남자가 차에 타라고 손으로 차를 가리켰다. 고개를 흔들자 두 남자는 막무가내로 내 팔을 양쪽에서 잡고 강제로 차 있는 곳으로 끌고 갔다.

"왜, 왜 이러세요? 아저씨들은 누구세요?"

몸부림치며 소리를 질렀다. 소리는 허공 속으로 사라져 버리고 적막감만 감돌았다. 두 남자의 표정을 보니 내 말을 못 알아듣는 것 같았다. 남자들은 내 팔을 놓치지 않으려고 더 꽉 쥐었다. 있는 힘을 다해 뿌리쳤지만 꿈쩍하지 않았다. 둘은 차 문을 열고 내 몸을 차 안으로 물건 던지듯 밀어 넣었다. 그런 뒤 조수석에 앉았던 사람이 내 옆으로 탔다. 그들은 일본어로 대화를 나누었다. 할머니와 조선인 마을 부부가 이야기해 주었던 말들이 생각났다. 일본 사람들이 우리 조선인들을 잡아다가 일을 시키거나 팔아넘긴다는 이야기가 섬뜩하게 상기되었다. 몸이 덜덜 떨렸다.

"내려 주세요. 제발!"

러시아어로 사정을 했다. 둘은 대꾸도 하지 않고 무표정으로 앉아 있었다. 몸부림을 치며 저항했다. 남자는 내 몸을 꽉 잡았다.

"빨리 내려 주세요. 나는 할머니와 동생을 찾으러 가야 한단 말이에요!"

빠져나오려고 안간힘을 써도 소용이 없었다. 두 사람은 계속 일본어로 이야기를 나누고 있는데 무슨 말을 하는지 도무지 알 수가 없어 답답했다. 그들의 언어를 알아듣기만 해도 내가 왜 이 사람들에게 끌려가고 있는지 감을 잡을 수가 있을 것 같았다.

혹시 내가 독립운동을 한 할아버지 손녀인 것을 알고 뒤를 밟은 걸까라는 생각까지도 들었다. 그렇다면 지금은 절대로 가족을 찾아 나서면 안 될 일이었다. 일단 잠자코 있다가 목적지까지 가서 기회를 보고 몰래 도망쳐야 할 것 같았다. 내가 저항하지 않자 옆 사람은 잡고 있던 내 몸을 놓고 앞을 바라보았다. 창밖을 내다보니 멀리 마을이 보였다. 조선인 마을인지 유심히 살폈지만 알 수가 없었다. 뒤를 바라보니 버스가 보였다. 조선인 마을로 가는 버스와는 색깔이 달랐다.

한참을 달리고 나니 학교 같은 건물이 보였다. 차가 서행을 하면서 건물 쪽으로 들어갔다. 학교 같기도 하고 수용소 같기도 한 건물 앞에 멈추고 나를 끌어내렸다. 버스도 뒤따라 들어와 내가 탄 차 옆에 섰다. 버스에서는 스무 명쯤 되는 사람들이 꾸역꾸역 내렸다. 나는 보따리를 들고 있었지만 버스에서 내린 사람들은 손에 아무것도 쥐고 있는 것이 없었다. 그들은 죄수복을 입고 있었는데 여자들보다는 남자들이 훨씬 많았다.

'이들은 어디서 오는 것일까? 도대체 여기에 이 많은 사람들을 데려와 무엇을 하려고 하는 것일까? 혹시 우리를 일본의 노예로 만들기 위한 훈련 장소인가? 아니면 포로수용소?'

나를 태우고 온 두 사람은 그들을 두 줄로 세우고 앞장서 가면서 따라오라고 손짓했다. 영문을 모르고 따라가는 사람들이 중얼거리는 소리를 들어 보니 중국어와 우리 조선말이 섞여 있었다. 가끔씩 러시아어도 들렸다. 일본어는 들리지 않았다. 중국 사람과 조선인은 생김새가 비슷해 분별하기 어려웠는데 러시아 사람은 눈에 확 띄었다. 나와 나이가 비슷한 연배들도 몇몇 섞여 있는 것 같았다. 내 앞에 나란히 걸어가던 세 사람 중 한 사람은 중국어와 조선말을 모두 하는 사람인 것 같았다. 그 아주머니는 나를 힐끔힐끔 쳐다보며 안쓰러운 표정을 짓기도 했다.

여자들은 모두 삼십 대 중반이 넘은 어른들이었다. 얼굴이 예쁜 러시아 여자도 끼어 있었는데 그 언니는 나보다 서너 살 더 많아 보였다. 스무 살 안팎쯤으로 얼굴에 화장도 하고 원피스를 차려입은 것을 보니 다른 사람들과 같은 곳에서 오는 것이 아닌 모양이었다. 나처럼 중간에 납치당해 끌려온 것이 분명했다.

건물 안으로 들어가자 젊은 군인이 번호표를 나누어 주었다.

"앞으로는 그 번호가 이름이다."

인격을 존중하지 않는 것 같아 불쾌했다. 나를 차에 태우고 온 사람이 우리를 방으로 안내했다. 안에는 누리끼리한 헝겊으로 감싼 나무판자들이 번호표를 달고 줄지어 있었다. 러시아 언니도 함께 방을 쓰게 되어 의지가 되었다. 내가 자유롭게 말하고 알아들을 수 있는 언어가 러시아어이기 때문이었다.

"모두들 자기 번호가 적힌 자리로 가서 기다리시오."

사람들은 말이 떨어지기가 무섭게 번호표를 확인하면서 자기 자리를 찾느라 북적거렸다. 나도 숫자 '18'이라고 적힌 자리를 찾아 앉았다. 내 이름이 18번이라니 물건 취급받는 기분이었다.

잠시 뒤에 저녁밥이 나왔다. 여러 가지 반찬과 함께 영양제라고 하는 알약까지 곁들여 있었다. 진수성찬을 받은 사람들은 모두 눈이 동그래져 허겁지겁 먹었다. 태어나서 처음 보는 음식도 있었다.

'우리에게 왜 이런 호의를 베푸는 걸까? 그렇다고 일본 군인들이 있는 것을 보니 자선 사업을 하는 곳은 아닌 것 같은데?'

도깨비에 홀린 것 같았다. 밥을 받아먹으면서도 찜찜했다. 여기가 포로수용소라면 이렇게 먹는 것에 정성을 들일 리 만무하다는 생각이 들었다. 사람들을 강제로 잡아다가 이유 없이 배불리 먹여 주는 이들의 정체가 몹시 궁금했다. 첫날이라서 실컷 먹여 놓고 힘든 일을 시키려는 것일까? 이튿날도 우리는 하는 일 없이 방 안에서 푸짐한 밥상만 받아먹었다. 하루하루가 지날수록 의구심만 쌓여 갔다. 우리는 함께 한 공간에 있으면서도 서로 이야기를 나누지 않았다.

일주일 정도 똑같은 생활이 반복되니 공포감은 서서히 사라져 갔다. 그러면서도 이튿날 무슨 일이 일어날 것만 같은 좋지 않은 예감도 들었다. 무엇보다 우리들의 이름을 묻지도 않고 처음 나누어 준 번호로만 호명하는 그들의 행동이 수상쩍었다. 우리들의 신상 따위에는 관심이 없는 것 같았다.

'이유가 뭘까?'

"침대에 이름은 언제 적어 주나요?"

나는 궁금증을 참지 못하고 들어온 군인에게 물었다. 딱히 뭐라 이름을 붙일 수가 없어 침대라고 말은 했지만 우리가 쓰고 있는 것은 침대라고 하기보다는 다 썩은 나무판자라고 해야 맞을 것 같았다.

"너희들에게 이름 따위는 없다. 이제부터 그 번호가 이름이라 생각하면 돼."

나를 사람 취급하지 않는 것 같아 화가 치밀었다. 살아서 나가려면 좀 더 지켜보아야 할 것 같아 화를 가라앉히고 잠자코 있었다.

한 달이 지났을 즈음이었다. 군인들의 구둣발 소리가 들리더니 옆방에서 문 여는 소리가 들렸다.

"1번, 나갈 준비해."

군인 두 명이 한 아저씨를 양쪽에서 팔짱을 끼고 데려갔다.

아저씨가 나간 뒤 1시간 후에 총성이 세 번 울렸다. 총성의 정체가 궁금했다. 총성을 듣고 난 뒤 잠을 이루지 못했다.

이튿날 우리는 어마어마한 소식을 전해 들었다. 1번 아저씨가 탄환 실험 대상이었다고 했다. 머리와 배 등에 총을 쏘아 뇌와 몸속의 장기에 총알이 박혔을 때 어떻게 되는지 연구하는 거라고 했다. 일본어를 할 줄 아는 중국인 아주머니가 군인들의 대화 소리를 듣고 작은 소리로 말해 주었다. 러시아 언니에게도 그 잔인한 이야기를 통역해 주었더니 몸을 부르르 떨었다. 말하는 내내 내 목소리는 심하게 떨리고 자꾸 발음도 헛나왔다. 평온했던 방 안이 공포의 분위기로 바뀌며 사람들의 얼굴은 경직되었다.

'그럼 우리도 그런 실험 대상이 되는 건가?'

1번 아저씨가 총에 맞아 죽은 뒤에야 우리가 마루타, 즉 인체 실험 대상이라는 것을 알게 되었다. 첫 번째 실험을 하고 나서는 군인들이 하루에 한 번씩 우리들의 방을 순찰했다. 그들이 저승사자처럼 보였다. 젊은 군인이 우리 방에 들어올 때마다 나를 주시하는 것 같아 기분이 나빴다. 그다음엔 내가 불려 나가 실험 대상이 될까 두려워 그와 눈이 마주치지 않으려고 피하거나 눈을 감았다. 돌아 버릴 것만 같았다. 어떻게든 빨리 이곳을 빠져나가야 할 것 같았다.

우리 방에 있던 14번 중국인 아주머니도 불려 나가 돌아오지 않았다. 그 아주머니가 14번이라는 것을 처음 알았다. 오랫동안 함께 지내 오면서도 번호에 관심을 두지 않았는데 그 번호가 왜 눈에 띄었을까? 내 가슴에 붙은 번호를 보았다. 18번이었다. 나는 이제까지 내가 18번이었다는 것을 잊고 있었다. 번호 순서대로 불려 나가는 것이라면 나는 앞으로 네 번째였다. 섬뜩했다. 조선말을 잘하는 다른 중국인 아주머니는 19번, 러시아 언니는 17번이었다. 19번 아주머니는 엄마처럼 포근해 보였다. 엄마 생각이 나서 옆으로 다가갔다.

"아주머니는 조선말을 어디서 배웠어요?"

그냥 물어보았다.

"아버지한테."

"그럼 아주머니도 조선인이세요? 집은 어디세요?"

"나는 중국에서 태어났지만 조선의 핏줄이고 하얼빈에 살아. 아버지가 어렸을 때 할아버지를 따라 러시아 연해주로 갔다가 이곳으로 넘어왔어. 할아버지는 일찍 돌아가셨지."

중국에서는 우리나라 호칭이 조선으로 통용되는 것 같았다. 조선이라. 그 단어를 몰래 중얼거려 보면서 비로소 내가 누구이며 어디에서 와 이렇게 떠돌게 되었는지 생각하기 시작했다.

"저는 러시아 연해주에서 왔는데 열차를 타고 가다가 가족을 잃어버렸어요. 할머니와 동생을 찾으러 가다가 여기로 붙잡혀 왔어요."

"여기 들어온 이상은 죽을 준비를 하고 있어야 할 거야. 저놈들이 우리를 생체 실험하려고 잡아 왔다는구나. 새로운 약과 무기를 연구하기 위해 우리를 이용하는 거래. 마음 단단히 먹어야 한다. 넌 여기 처음 들어왔을 때보다 살이 올라 참 예뻐졌어. 나이 어린것이 불쌍해서 어떡하니. 살이 오르면 생체 실험 대상 명단에 바로 오른다는데."

아주머니는 한숨을 내리쉬며 눈물을 훔쳤다. 나도 눈물이 그렁그렁했다. 17번 러시아 언니는 우리말을 알아듣지 못해 답답해하는 눈치였다. 19번 아주머니와 나눈 이야기 중에 마지막에 한 말을 통역해 주었다. 언니는 생체 실험이라는 말에 깜짝 놀라며 일어서서 도망이라도 칠 듯이 안절부절못했다. 순찰 군인이 들어왔을 때 17번 언니는 밖으로 뛰쳐나갔다. 군인이 놀라 뒤따라 나가 잡아 왔다. 그날 저녁 17번 언니는 불려 나가 돌아오지 않았다. 이틀 뒤 들리는 소문에 의하면 17번 언니는 치욕스런 강간을 당하고 매독 실험에 들어갔다고 했다.

날씨가 영하 30도 정도로 내려가는 날은 사람들의 옷을 벗겨 물을 뿌린 다음 밖에 밤새도록 세워 놓고 동상 실험을 했다는 소식도 들려왔다. 그 이야기는 나를 잠 못 이루게 만들었다. 러시아 언니도 끝내 돌아오지 않고 이제 방안에는 19번 아주머니와 나 단둘뿐이었다. 우리는 말을 하지 않고 한동안 멍하니 있었다.

그동안 순찰을 하러 들어와 나를 힐끔힐끔 쳐다보며 주시하던 젊은 군인이 들어와 내 번호를 불렀다. 나는 깜짝 놀라 올 것이 오고야 말았다는 표정으로 19번 아주머니를 바라봤다. 아주머니는 눈물을 글썽이며 고개만 끄덕였다. 마음 단단히 먹고 모진 고통과 죽음을 준비하라는 뜻인 것 같았다. 나도 눈물이 핑 돌았다.

'나는 어떻게든 살아서 할머니를 찾아갈 거야. 이대로 죽을 순 없어. 절대로! 절대로!'

눈물이 주룩주룩 흘렀다. 이를 악 물었다. 젊은 군인은 내 팔을 잡고 밖으로 나갔다.

젊은 군인을 가까이서 보니 얼굴이 낯익었다. 둥근 얼굴형에 가무잡잡하고 눈이 부리부리한 것이 어디서 본 것 같은 느낌이었다. 그가 사람들을 다루는 것을 보면 말수만 적을 뿐 표독스럽고 당찬 데가 있었다. 다른 군인들은 자기네끼리 장난치며 잘 웃는데 그는 잘 웃지도 않았다. 얼굴이 항상 진지하면서도 긴장된 표정이었다.

"어디로 가는 건데요?"

밖으로 나가지 않고 나를 2층으로 데려가는 것을 보고 나도 모르게 두려움에 휩싸여 조선말이 튀어나왔다. 그가 낯이 익어서인지 잠시 조선인으로 착각한 것 같았다. 말을 먼저 꺼낸 뒤에야 그 사람이 일본인이라는 것을 깨달았다. 날 어디로 데려가는 걸까? 감옥으로 끌려가는 느낌이 들었다. 내 예상이 적중했다. 독방 감옥과 다름없는 곳이었다. 왜 나를 이곳에 혼자 가두는 걸까? 눈물이 계속 흘러내렸다. 나도 모르게 울음소리가 터져 나왔다. 젊은 군인이 눈을 부릅뜨며 내 뺨을 후려쳤다. 얼굴이 후끈 달아오르면서 소리가 목구멍 속으로 쏙 들어갔다.

"무슨 일이오?"

다른 군인이 주사기를 가지고 들어오며 쏘아붙이듯 말했다.

"아무것도 아니오. 이제 진정시켰으니 나가 봐도 돼요."

둘은 사이가 좋지 않은 듯한 눈치였다. 군인은 나를 힐끔 쳐다보고는 한숨을 내쉬고 방에서 한동안 나가지 않았다. 내가 울음을 그치자 그제야 뒤돌아 문을 열었다. 시멘트 벽에 찬기가 돌았다. 구더기가 득실득실할 것 같은 판자때기 하나만 덩그러니 놓여 있어 삭막했다.

'여기서 나는 무엇을 하게 되는 걸까? 살아서 나갈 수는 있을까? 아니야. 무슨 일이 있더라도 꼭 살아서 나가야 해. 이렇게 죽기엔 너무 억울해.'

정신이 바짝 들었다.

저녁에 젊은 군인이 밥을 가져왔다. 먹지 않았다. 아주머니가 잘 먹고 살이 찌면 실험 대상이 된다고 했던 말이 생각나서 단식하기로 마음먹었다. 군인은 밥을 먹을 때까지 기다리는 것 같았다. 끝내 먹지 않았더니 밥을 퍼서 내 입에 억지로 쑤셔 넣었다. 나는 모두 뱉어 버렸다. 군인이 내 뺨을 세게 쳤다. 아파서 울었다. 군인은 또 뺨을 때리려고 손을 올렸다가 내리고는 밥을 가지고 나갔다. 밤새도록 울다 지쳐 잠이 들었다. 아침에 일어나니 군인이 또 아침밥을 가지고 왔다. 배가 고팠지만 먹지 않았다.

독방에 혼자 갇혀 있으니 미칠 것 같았다. 19번 아주머니는 어디로 끌려갔을까? 아직까지 그곳에 있을까? 여기는 도대체 무슨 실험을 하는 곳일까? 달랑 판자때기 하나밖에 없는 이곳에서 말이다. 탄약 실험 대상이었던 사람들이 총에 맞아 한 방에 죽었다는 것이 소름 끼쳤다.

군인이 점심밥을 들고 들어왔다.

"이번에도 밥을 안 먹으면 쏴 죽일 거야. 어서 먹어!"

깜짝 놀랐다. 내 머리에 총을 겨눈 것에 놀란 것이 아니라 군인이 조선말로 말했다는 것에 놀랐다. 내 귀를 의심했다. 그리고 다음 말을 기대하면서 싫다고 말했다.

"빨리 먹으란 말이다."

군인이 내 머리에서 총을 내리면서 낮은 목소리로 힘없이 말했다.

"아저씨는 조선인이에요?"

"알 거 없다. 어서 밥이나 먹으란 말이다."

"여기가 사람을 실험하는 곳이라는데 난 무슨 실험 대상인가요?"

"알 거 없다. 넌 내 실험 도구야."

군인은 얼굴 이미지와는 달리 말투가 잔인했다.

"아저씨, 저 좀 내보내 주세요. 저는 우리 가족들을 찾아가는 도중에 아무 이유도 모른 채 여기로 붙잡혀 왔어요. 러시아에서 가족을 잃고 여기까지 왔는데 절 좀 나갈 수 있게 도와주세요. 제발! 은혜는 잊지 않을게요. 제발 저 좀 도와주세요."

울면서 군인에게 매달렸다. 군인은 아무 반응을 하지 않았다. 조선말 한마디에 너무 믿은 것 같다는 생각이 들었다. 군인이 어떤 사람인지도 모르는데 속마음을 드러낸 것이 후회스러웠다.

군인은 아무 말 없이 밥을 들고 나갔다. 저녁부터는 약 한 알과 물만 들고 들어왔다. 나는 그것마저도 뿌리쳤다.

“살고 싶으면 이거라도 빨리 먹어.”

‘살고 싶으면? 그럼 살아서 나갈 수도 있다는 말인가?’

그의 표정에서 지금까지 본 것과는 다른 감정이 스쳐 지나가는 것을 보았다. 결국 알약을 입에 넣었다. 도박을 하는 심정이었다. 군인이 나간 뒤에 몰래 입에서 약을 빼 버렸다. 젊은 군인은 독을 품고 있는 독사 같지만 어딘가 모르게 다른 군인보다 대하기가 편했다. 그는 나를 계속 주시했지만 다른 군인들과는 달리 보이지 않는 뭔가로 나와 연결되어 있는 것처럼 느껴졌다. 이유는 없었다. 그냥 그런 느낌이 사실인 것처럼 나의 마음을 압도했다.

젊은 군인은 나를 상대로 무슨 실험을 한다면서 매일 밥 대신 약 한 알과 물을 갖다주었다. 무슨 약인지는 알려 주지 않았다. 처음엔 몹시 배가 고팠지만 위도 배고픔에 길들여져 감각을 잃어버린 모양이었다. 가면 갈수록 몸은 말라 갔지만 속도 편하고 몸이 가벼워지는 느낌이 들었다.

어느 날, 가끔씩 들어오는 나이 든 군인이 와서 내 마른 몸을 보고 못마땅한 표정을 지으며 젊은 군인에게 말을 건넸다. 하지만 젊은 군인이 뭐라고 자신감 있게 말하자 나이 든 군인은 금방 표정을 바꾸어 젊은 군인의 등을 토닥여 주고는 휘파람을 불며 나갔다. 젊은 군인은 신임을 얻고 있는 것 같았다.

'도대체 나를 가지고 무슨 실험을 한다는 거야. 혹시 내가 밥을 거부해서 말려 죽이는 실험으로 바꿨나?'

정말 이 지옥 같은 곳에서 빨리 빠져나가고 싶었다. 밥을 굶는 것보다 앞날을 예측하지 못하는 것에 더 미칠 것 같았다. 눈을 감고 가족들 얼굴을 하나씩 그려 보았다. 내 머릿속에 나타난 가족들의 얼굴 표정은 모두들 나를 향해 활짝 웃고 있었다. 살아 계신지 돌아가셨는지 알 수 없는 아빠와 고아원에서 크고 있을 설국이가 궁금해졌다. 밤이 깊어지자 나는 살며시 일어나 문 쪽으로 다가가 주변을 살폈다. 밖으로 나가는 구멍이라도 찾아봐야 할 것 같아 문을 열어 보았다. 문은 열리지 않았다. 곧 밖에서 문고리 소리가 몇 번 들리더니 젊은 군인이 들어왔다.

"나 좀 내보내 주세요. 네? 제발!"

군인은 한동안 아무 말을 하지 않았다. 다른 날과 달리 말이 없으니 더 무서웠다. 러시아 언니가 생각났다. 나를 금방이라도 실험 장소로 데려갈 것만 같았다. 온몸이 덜덜 떨렸다. 말없이 공포를 조성하는 그의 얼굴을 보고 있자니 숨이 막혔다. 탈출은 힘들 거라 생각했다. 그가 알약을 줄 때마다 죽음에 대한 공포가 몰려왔다. 실험대에 올라서기까지 기다리는 시간이 지옥 같았다.

"나는 언제까지 여기에 있어야 하는 건가요?"

그의 마음을 떠보기 위해서 물었다.

"……."

젊은 군인은 말없이 고개를 숙이고 뭔가 골똘히 생각하는 것 같았다. 마치 나를 언제 실험대에 올릴까 궁리하고 있는 것처럼 보였다. 그의 표정이 내 피를 말리는 것 같았다.

"그냥 나를 지금 죽여. 빨리 죽었으면 좋겠어. 이렇게 갇혀 있는 것이 더 무서워."

젊은 군인만은 나를 금방 죽이지 못할 것 같아 소리쳤다. 그는 말없이 총을 들어 내 머리에 댔다.

"쉿! 조용히 해!"

뭔가 내 머리를 세게 내리쳤는데 그 뒤로 기억이 나지 않았다.

피비린내와 송장 썩는 냄새가 진동했다. 주변의 걸리적거리는 것들 때문에 몸을 꼼짝할 수가 없어 눈을 떴다.

'앗! 여기가 어디야? 내가 왜 여기에 와 있지?'

내 몸이 커다란 웅덩이 속 득실득실한 시체들과 엉키어 있었다. 소름이 돋아 시체들을 밀어내고 얼른 일어섰다. 내 보따리가 눈앞에 보였다. 얼른 보따리를 들어 가슴에 안고 켜켜이 쌓여 있는 시체들을 밟고 올라가 간신히 웅덩이에서 빠져나왔다. 주변을 살펴보니 멀리서 부대 불빛이 보였다. 웅덩이의 시체들은 실험을 당하다가 죽어 이곳에 버려진 사람들 같았다. 내장이 밖으로 나와 있는 사람도 있었다. 시체들이 금방이라도 일어서서 따라올 것만 같아 보따리를 허리에 차고 무조건 뛰었다. 한참을 뛰다가 뒤돌아보니 지옥의 건물이 보이지 않았다.

숨이 차고 다리에 힘이 풀려 잠깐 자리에 주저앉았다. 숨을 고른 뒤에 보따리를 풀어 보았다. 태극기 두 개와 지도책, 그리고 돈과 옷가지들이 그대로 들어 있었다. 바지 주머니에 땜빵 아빠가 적어 준 주소도 그대로 있었다. 태극기를 보니 갑자기 눈물이 났다. 태극기가 엄마처럼 느껴져 가슴에 안았다. 가슴이 뛰었다. 태극기가 소중하게 느껴진 것은 처음이었다. 내가 가족과 헤어지게 된 것도, 이곳으로 납치되어 와서 엄청난 고초를 당하고 있는 것도, 아빠가 독립운동으로 불안한 삶을 살아온 것도, 엄마가 혹한 속에서 아기를 낳고 몸조리를 제대로 하지 못해 죽음을 맞이한 것도 모두가 우리를 지켜 줄 든든한 나라가 없기 때문이라고 생각했다. 꼭 살아남아 내 나라 조선으로 무사히 돌아가고 말겠다는 다짐을 했다. 태극기를 조심스럽게 접어 보따리에 넣었다. 보따리를 묶는데 어디에 붙어 있었는지 종이 하나가 뚝 떨어졌다. 얼른 주워 펼쳐 보았다.

곧바로 큰 길로 나가서 오른쪽으로 무작정 가라.

니 걸음으로 삼사일 정도 걷다 보면 조선인들이 살고 있는 마을이 나온다.

꼭 살아라!

'누구지?'

팔에 소름이 돋았다. 종이를 들고 있는 손이 떨렸다. 메모의 주인공은 직감적으로 젊은 군인인 것같이 느껴졌다. 그는 우리 조선말도 할 줄 알고 나를 대하는 태도가 다른 군인과 달랐다. 그는 조선인이었을까? 일본이 우리 조선을 강제로 점령하면서부터 조선인 중에는 어쩔 수 없이 일본에게 협력하는 사람도 있다고 들었다. 그가 바로 그런 사람일 수도 있을 것 같았다. 똑똑해서 윗사람들에게 인정은 받고 있었지만 적극적으로 협력하는 것 같지는 않았다.

'그의 정체는 무엇일까? 왜 나를 놓아준 것일까? 설마 나를 미끼로 더 많은 사람들을 잡아 오려고 하는 것은 아니겠지?'

여러 가지 생각으로 머리가 복잡해졌다. 걸어서 삼사일 정도 걸린다면 여기서 그리 멀지 않은 것 같았다. 그곳이 조선인 마을이면 잘되었다고 생각했다. 일단 땜빵 아빠를 찾아가면 될 것 같

았다. 뒤를 돌아 뛰어온 길을 확인했더니 큰길로 나와 오른쪽이
면 제대로 가고 있는 것이었다.

7. 조선인 마을

사방이 어두워 길이 잘 보이지 않았다. 직관적으로 걷고 있는데 갑자기 구름 속에 가려졌던 둥근 달이 모습을 드러내 길을 밝혀 주었다. 오랜만에 보는 것 같았다. 조선에 있을 때 마당 달빛 아래서 친구들과 놀았던 기억이 어렴풋이 떠올랐다. 조선의 하늘에는 달도 유난히 밝고, 별도 많았던 것으로 기억한다. 러시아 연해주로 와서는 조선에서처럼 밝은 달과 많은 별들을 못 보고 살았던 것 같다. 그때 함께 놀았던 친구들은 어떻게 지내고 있을까? 조선으로 돌아가면 다시 볼 수 있을까?

젊은 군인의 말대로 무조건 앞만 보고 걸었다. 감옥 같은 독방에서 죽음의 실험대에 올라가는 날만 기다려야 했던 두려움에서 벗어나니 숨통이 트이는 것 같았다. 날씨가 춥지는 않았다. 날이 점점 밝아 오고 주변 환경들이 시야에 들어오기 시작하자 마음이 안정되었다. 얼마 전까지만 해도 날씨가 추워 지옥의 건물에서 끔찍한 동상 실험을 했는데 벌써 들판에 새싹이 돋는 걸 보니 봄이 오고 있는 것 같았다. 한참을 걷다가 다리가 아파서 쉬었다 가려고 풀밭에 누웠다. 하늘에서 내리쬐는 햇볕이 따뜻해서 좋았다. 스르르 눈이 감겼다.

손등이 간질간질하여 눈을 떠 보니 새 한 마리가 꼬리로 내 손등을 툭툭 치며 땅을 콕콕 찍고 있었다. 일어나려고 손을 움직였더니 새가 곧 날아가 버렸다. 하늘에는 새 떼가 무리를 지어 날아가고 있었다. 어디서 본 듯한 낯익은 광경이었다.

“아, 맞다! 바이칼틸.”

가족들과 떼를 지어 날아가고 있는 새들이 부러웠다. 가족이 그립고 보고 싶었다. 설국이는 고아원에서 잘 지내고 있을까? 아빠는 어떻게 되었을까? 할머니와 어린 동생은 조선인 마을에 가면 만날 수 있을까? 엄마는 하늘나라에서 잘 지내고 있을까? 아빠도 끌려가서 혹시 죽은 건 아닐까? 가족들을 하나하나 떠올리니 갑자기 눈물이 쏟아졌다. 주저앉아 한참을 울었다.

해가 붉게 떠오르고 있었다. 그 모습은 마치 생명을 잉태하는 모습 같아 생동감이 있어 보였다. 내 가슴에서도 뭔가가 용솟음쳐 올랐다. 얼굴도 모르는 어린 동생이 궁금해졌다. 살았을까? 죽어 버렸으면 좋겠다고 악담했던 것이 미안해졌다.

보따리를 허리에 메고 기운을 내서 걸었다. 배가 고파 발걸음이 무거웠다. 얼마나 더 걸어가야 할지 몰라 막막하기도 했다. 목적지를 알고 있는 것과 막연한 것에는 큰 차이가 있다. 목적지를 알고 있는 것은 희망이 있지만 목적지를 알지 못했을 때 생기는 막연함은 두려움을 품고 있기 때문이다. 떠오르는 해를 보며 희망을 가졌지만 좌절되고 말았다. 사람들이라도 만난다면 물어보기라도 하는데 들판으로만 이어져 있을 뿐 사람과 집들은 보이지 않았다.

그 젊은 군인의 정체가 궁금해지면서 내가 걸어가고 있는 길이 진정 그가 말한 조선인 마을로 가는 길인지 의구심이 생겼다. 그는 조선의 글을 어디서 배웠을까? 그가 만약 조선인이라면 어떻게 일본 군인이 되어 그런 괴물 같은 일을 맡게 되었을까? 그러면서 왜 내가 탈출할 수 있도록 도와준 것일까? 머릿속에는 젊은 군인에 대한 궁금증이 가득했다. 어딘가 모르게 그의 얼굴은 누굴 닮은 것 같은데 언뜻 생각나지 않았다. 특히 무표정으로 무언가를 생각하고 있을 때가 그랬다.

어떤 행동에서는 그가 인정미 있는 사람처럼 보이기도 했다. 잡혀 온 포로들에게 말로 악랄하게 엄포를 주었을 뿐 가혹한 행위는 하지 않았다. 윗사람들의 눈을 피해 포로들을 보살펴 주는 걸 몇 번 목격한 적도 있었다. 강제 실험을 당하기 전날 아이를 어머니 품에서 자게도 해 주었다. 그 아이는 비록 실험을 당하다 죽었지만 생의 마지막 밤을 엄마 품속에서 보내게 되었던 것이다. 그는 예방 접종을 한다고 속이고 감금된 사람들에게 세균 주사를 놓기도 했는데 나에게는 다른 약물 주사를 놓은 것 같았다. 나와 함께 주사를 맞았던 사람들은 사지를 떨면서 죽거나 기절을 했다가 일어났는데 나는 아무렇지도 않았다.

쉬지 않고 한참을 걸으니 마을이 보였다. 마을을 발견한 기쁜 마음도 잠시뿐 곧 두려움이 몰려왔다. 어려운 일을 몇 번 겪고 나니 이제 보이는 것마다 어떤 함정이 아닐까 의심을 품게 되었다. 곧장 마을로 들어가지 않고 멀리 떨어진 들판 나무 뒤에 숨어 마을을 지켜보았다. 지나다니는 사람들을 확인하고 난 뒤에 마을로 들어갈지 판단해야 할 것 같았기 때문이다.

아주머니가 머리에 광주리를 이고 아이의 손을 잡고 걸어가고 있었다. 한참 뒤 또 아저씨 한 사람이 그물 배낭을 메고 걸어가고 있었다. 중국인인지 조선인인지 분간이 되지는 않았지만 사람들의 차림새나 모습들이 어디서 많이 본 듯 낯이 익었다. 마을은 평화로워 보였다. 어느 나라 사람인지 말소리를 가까이에서 들어 보기 위해 마을로 들어갔다. 마을 입구에 있는 외딴집 담장 아래 숨어 인기척이 들려오기를 기다렸다. 텃밭에 듬성듬성 뽑지 않은 무가 있었다. 배가 고파 하나를 뽑아 마른 풀에 쓱쓱 문질러 한입 베어 물었다. 아삭한 맛이 없고 물도 나오지 않았다. 겨우내 얼었다가 녹은 모양이다. 담 너머로 사람들의 말소리가 들려 무 씹는 것을 멈추고 귀를 기울였다. 남자아이가 중국어로 누구를 부르는 것 같았다. 중국 사람이라서 실망했다. 뒤를 이어 낯익은 언어가 귀에 박혔다.

"왜 또 나왔어."

아이 엄마의 말소리 같은데 순간 내 귀를 의심했다. 엄마의 말은 분명 우리 조선말이었다. 발음이 좋지 않았지만 조선인이 분명한 것 같았다. 나도 일곱 살에 연해주로 옮겨 거기서 학교를 다녔기 때문에 러시아어를 더 잘하고 조선말은 완벽하게 구사하지 못한다. 조선말들이 또 흘러나올 것을 기대하고 무를 한입 깨물어 조용히 씹으며 귀를 벽에 더 가까이 갖다 댔다. 아이는 억양으로 보아 계속 중국어로 투정을 부리는 것 같았고, 엄마도 중국어를 쓰는 게 더 편한지 중국어로 바꾸어 아이에게 타이르는 듯

했다. 다음에는 문소리가 나더니 남자 어른의 목소리가 들렸다. 남자 어른의 말소리도 중국어였다.

'아까 들었던 조선말은 환청이었을까?'

갑자기 힘이 빠져 그 자리에 주저앉아 담벼락에 등을 기대고 남은 무를 마저 먹었다. 비록 중국어이지만 엄마가 아이를 대하는 것은 우리 엄마가 설국이를 대하는 것과 같았다. 잠시 연해주에서 가족들과 함께 살았던 기억이 되살아났다. 동생을 생각하고 있을 때 다시 남자 어른의 목소리가 들렸다.

"얼른 항아리에 들어가 있어."

이 소리는 분명 조선말이었다. 아이를 항아리에 감금시키는 벌을 주는 것 같았다. 안에서는 계속 아주머니가 중국어로 이야기하는 소리가 나고, 대문 닫히는 소리와 함께 이쪽으로 걸어오는 발자국 소리가 나는 것을 보니 남자가 대문 밖으로 나온 것 같았다. 주변은 몸을 감출 만한 곳이 없었다. 얼른 몸을 숙여 풀밭에 뭔가를 뜯는 척했다. 남자는 벽을 끼고 돌아서 내 쪽으로 걸어오고 있었다.

"니숼쉐이?"

아저씨가 가까이 다가와 말했다.

"……."

무슨 뜻인지 몰라 입을 다물고 있었다.

"넌 누구냐고?"

아저씨는 내가 조선 사람이라는 것을 눈치챘는지 조선말로 바꾸어 말했다. 내가 우물쭈물하자 다시 중국어로 말했다.

"니 쭈짜이 날?"

이 말은 어떤 뜻인지 알 것 같았다. 브로에 카페의 지배인 아저씨가 가끔 손님들에게 어디서 오셨는지, 어디에 사는지 물어보았기 때문에 귀에 익은 말이었다.

"아, 아저씨."

내가 조선 사람이라는 것을 알리기 위해 조선말로 했다.

"우리 조선 아이가 맞구나!"

"예."

"이 동네 아이는 아닌 것 같은데 어디서 왔니?"

"러시아 연해주에서요."

"뭐? 러시아 연해주? 그 멀리서 어떻게 왔단 말이냐? 네 가족은 어떡하고 너 혼자냐?"

"가족을 잃어버리고 나쁜 사람들에게 잡혔다가 도망쳐 나왔어요."

"요즘 혼자 다니면 위험한데 어쩌다가. 그 못된 일본인들이 실험인가 뭔가 하느라 남녀노소 할 것 없이 모두 잡아들이고 있다고 하던데. 우리 집으로 들어가자."

아저씨는 나를 데리고 집으로 들어갔다. 좀 전에 아이에게 항아리 속에 들어가 있으라고 한 것은 벌을 주는 것이 아니라 아이를 보호하기 위한 것이라는 것을 알게 되었다. 아주머니와 남자아이가 눈을 동그랗게 뜨고 나를 바라봤다.

아저씨는 아주머니와 아이에게 나를 소개했다.

"우리 조선 아이요. 놀라지 마시오."

"안녕하세요?"

나는 기어들어 가는 목소리로 인사를 했다.

"이 아이가 많이 굶주린 것 같아요."

아저씨가 어딘가로 가더니 고구마를 내어 왔다. 나는 눈치를 살피다가 하나를 집어 입속에 꾸역꾸역 밀어 넣었다. 목이 메어 가슴을 쳤다. 아저씨가 물을 떠 왔다. 남자아이는 내 모습을 지켜보고 엄마 곁으로 가서 옷자락을 잡았다.

"그래, 거기서 어떻게 지냈는지 얘기해 보거라."

물을 마신 뒤 고구마를 다 삼키고 나니 아저씨가 말했다. 아저씨는 나에게 정보를 얻어 내려는 듯 잔뜩 기대에 찬 표정으로 내 얼굴을 빤히 쳐다봤다. 나는 그동안 내가 보고 겪어 온 일을 모두 이야기해 주있다. 연해주에서 생활한 이야기, 열차를 타기 며칠 전에 아빠가 러시아 경찰들에게 끌려가 돌아오지 않은 이야기, 중앙아시아 쪽으로 강제 이주를 당하는 도중에 열차에서 뛰어내린 이야기, 털보 아저씨 이야기, 카자흐스탄으로 갔다가 할머니가 이쪽으로 왔다는 소식을 듣고 여기까지 오게 된 이야기를 빠짐없이 들려주었다. 물론 브로에 카페와 생체 실험장에서 겪은 일도 생생하게 말해 주었다.

아저씨와 옆에서 가만히 듣고 있던 아주머니가 내 이야기를 들으면서 점점 얼굴이 굳어지고 있는 것이 느껴졌다.

"아니! 그럼 네가 그 무시무시한 현장에 있다가 도망쳐 나왔단 말이냐?"

"예."

"아이고, 큰일이네!"

아주머니는 아이를 꼭 안으면서 말했다. 아주머니와 아저씨가 나쁜 사람 같지 않아 다행이었다. 주머니에서 구겨진 종이쪽지를 꺼내 아주머니에게 보였다.

"이 주소가 이 마을이 맞나요?"

아주머니는 궁금한 눈빛으로 아저씨와 눈을 맞추고는 종이를 받아 들었다.

"여기가 이 집인데?"

"그래요? 그럼 제대로 찾았네요. 혹시 여기에 같이 사는 아저씨 있어요?"

"없는데? 지금은 우리 세 식구가 살고 있단다."

"이 쪽지는 누구한테 받은 거니?"

땜빵 가족과의 인연을 맺게 된 이야기부터 우연히 비를 피하기 위해 카페로 들어와서 오랜만에 만난 땜빵 아빠의 이야기까지 들려주었다.

"아! 그전에 우리랑 같이 살던 분이신가 보네."

"저하고 비슷한 또래 아들이 있을 건데 혹시 보셨나요?"

아들 안부를 물었을 때 땜빵 아빠가 아무 이야기를 하지 않아서 죽었을 거라 생각했지만 다시 확인하고 싶어서 물었다.

"아들은 없었는데? 이 집이 그분 집이었어. 빈집이라고 우리에게 그냥 살라고 해서 살고 있단다."

"아들이 죽었다지 아마? 기차에서 뛰어내려 머리를 크게 다쳤는데 며칠 안 가서 죽었다는구나."

아주머니가 갑자기 생각난 듯 이야기했다.

'아……. 죽은 게 맞구나!'

아주머니는 일본인들이 조선인들 있는 곳은 모두 찾아다니며 잡아가고 있으니 큰일이라고 했다. 젊은 여자들도 잡아가고 있다고 나에게도 조심해야 한다고 했다. 할머니와 어른들에게 수차례 들은 이야기라서 조심하고는 있지만 조심한다고 해결되는 일이 아니었다. 우리 조선인들이 자랑스럽게 조선인이라고 말하며 마음 편하게 살 곳이 없었다.

아주머니와 아저씨는 아들을 바라보며 얼굴에 근심이 가득한 표정을 지었다. 나를 포함한 조선의 모든 사람들이 불안에 떨고 있는 것 같았다.

"혹시 이 마을에 어린아이와 둘이 사는 할머니는 없나요?"

"글쎄다!"

"좀 오래되어 기억이 안 날 수도 있겠지만 잘 생각해 봐 주세요. 카자흐스탄에서 엄마가 죽고 나서 할머니가 아기를 데리고 하얼빈으로 왔다고 들었어요."

"그래? 이 아줌마가 한번 알아봐 줄 테니 기다려 보렴."

아주머니는 알아봐 준다고 했지만 시간 여유가 없어 보였다. 집안일과 밭 농사일을 하느라 바빴다. 집에서 며칠간 묵다 보니 삶이 궁핍한 모습들이 눈에 들어왔다. 아저씨는 남의 집에 가서 일을 도와주고 곡물을 얻어 오는 일을 했는데 곡식이 너무 적어 밥을 넉넉하게 먹지 못했다. 밥 먹을 때마다 눈치가 보였다.

"저도 아주머니 일을 도울게요. 제 이름은 안나예요. 안나라고 불러 주세요."

밥을 먹고 나서 설거지하는 것부터 시작했다. 아주머니는 점점 밭에서 풀 뽑기, 물 주기, 청소하기 등등 여러 가지를 나에게 부탁했다. 이렇게 나는 조선인 마을에서 안나라고 불리며 먹고 재워 주는 대신 일을 해 주면서 할머니와 동생 소식을 기다렸다.

할머니와 동생의 소식은 한 해가 다 지나가도록 감감무소식이었다. 너무 오랫동안 신세를 지고 있는 것 같아 떠나려는 생각을 하고 있을 때 아주머니가 밖에 나갔다가 할머니 소식을 가지고 들어왔다.

"얘, 혹시 네가 독립운동하신 백호 어르신 손녀가 맞니?"

그동안 감추어 왔던 우리 가족의 정체에 대해 이야기해도 되는지 판단이 서지 않아 얼른 답을 하지 않았다. 아주머니는 내 대답을 기다리지 않고 바로 말을 이어 갔다.

"저 언덕 위에 사는 아주머니 집에 어느 날 거지 할머니가 갓난아기를 안고 젖동냥을 하러 와서 보살펴 드렸는데 말을 하다가 그 할머니가 백호 어르신 안사람이라는 것을 알게 되었다는구나."

너무 놀라 온몸에 힘이 빠졌다. 할머니와 동생 소식을 들을 때까지는 내 존재를 감추고 싶어서 말하지 않으려고 했는데 말해야 할 것 같았다.

"그게 사실인가요? 그럼 그 할머니는 지금 거기에 계신가요?"

할머니를 만날 생각에 기쁘고 가슴이 벅차올랐지만 아주머니의 뒷말은 할머니가 동생을 데리고 조선에 있는 고향 집으로 돌아갔다는 것이었다. 이곳에 온 지 한 달 정도 지났을 때 일본의 협력자에게 쫓기는 신세가 되어 마을 사람들의 도움으로 조선으로 갔다고 했다. 고향으로 돌아가 가족을 기다린다고 했다는 것이다. 하늘이 무너지는 것 같았다. 혼자 조선으로 또 어떻게 가야 한단 말인가? 산 넘어 산이었다. 눈앞이 캄캄했다.

"그분이 우리 할머니가 맞아요. 마을 사람들이 우리 할아버지를 백호 어르신이라고 불렀어요."

"아이고, 너는 뭔가 달라도 다르다고 생각했는데 훌륭한 분의 핏줄이었구나. 그 먼 곳에서 여기까지 오면서 말할 수 없이 고생이 심했을 텐데 온갖 고충을 이겨 내고 용감하게 살아남은 걸 보면 할아버지를 닮은 모양이구나. 근데 어쩌니. 나라를 위해 희생하신 고마운 분의 손녀인데 그동안 따스한 밥 한 끼도 제대로 못 먹여서."

아주머니가 내 손을 잡으며 말했다. 아저씨가 소쿠리를 들고 우리 쪽으로 다가오고 있었다.

"얘, 안나야. 이거 좀 먹어 봐라."

아저씨는 소쿠리에서 고구마를 하나 꺼내 내밀었다. 갓 구워 온 것 같은 고구마의 온기가 아주머니와 아저씨의 따스한 마음처럼 느껴졌다.

"여보, 안나가 독립운동하신 백호라는 어르신의 손녀래요."

"오! 그래? 어쩐지 야무지다 했다. 우리는 그 어르신을 잘 모르지만 훌륭하신 분이라고 들었어."

아주머니와 아저씨가 할아버지를 생각해 주는 마음이 고마웠다.

빨리 떠나고 싶어 아저씨에게 조선으로 가는 길을 알려 달라고 했더니 알려 줄 수 있지만 지금은 시기가 아니라고 했다. 일본인들이 어린 여자아이들을 모두 잡아가고 있어 위험하다는 것이었다. 특히 그들이 독립운동가의 자손들 씨를 말리려고 혈안이 되어 찾고 있다고 했다.

일본 군인에게 끌려갔던 그 지옥 같은 생체 실험장이 떠올랐다. 손과 몸이 부르르 떨렸다. 숨 쉬고 있는 멀쩡한 사람에게 총을 쏘아 어떻게 죽는지를 실험하는 악마 같은 사람들, 예방 주사라고 속이고 몸에 약을 넣어 서서히 죽어 가게 만드는 짐승 같은 사람들, 추운 겨울에 옷을 벗겨 몸에 물을 뿌리고 밖에 묶어 놓는 정신 나간 사람들, 어린아이와 어머니를 뜨거운 물에 넣고 온도를 올려 극한 상황을 실험하는 괴물 같은 사람들, 그 사람들은 모두 미친 저승사자 같았다. 산 사람의 뇌를 열어 실험하는 모습은 정말 미친개의 모습과 다를 바 없어 보였다. 갑자기 화가 치밀어 욕이란 욕은 모두 갖다 붙여도 분이 풀리지 않았다.

그런 일본인들을 생각하니 밖으로 나갈 엄두가 나지 않았다. 아저씨는 조선에서도 일본이 기승을 부리고 있어 누그러들 때까지 기다렸다가 가라고 했다. 아주머니와 아저씨는 나를 친자식처럼 대해 주었다.

해가 바뀐 여름날 아저씨가 장에 다녀오면서 나를 바라보고 환하게 웃었다. 기분 좋은 일이 있는 것 같았다.

"일본이 곧 망할 거란다! 안나야, 이제 너는 집으로 돌아갈 수 있게 될 거야."

"네? 정말요?"

"내일 나가 볼 일이 있는데 네가 조선으로 돌아갈 수 있는 방법도 알아봐 가지고 와야겠다."

"고맙습니다. 은혜는 잊지 않겠습니다."

아저씨는 일 보러 나가면서 좋은 소식을 가지고 돌아오겠다고 했다. 아저씨는 이튿날이 되어도 돌아오지 않았다. 아주머니가 멍하게 앉아 걱정하는 것을 보고 나 때문에 아저씨가 돌아오지 못하시는 것 같아 눈치가 보였다.

"도대체 죽은 건지 살아 있는 건지."

아주머니가 혼잣말로 중얼거리며 빨래를 걷어 와 마루에 올려놓았다. 나는 슬그머니 마루 위로 올라가 빨래를 갰다. 마음이 몹시 불안했다. 아저씨가 좋은 소식을 못 가지고 들어오셔도 그냥 빨리 떠나야겠다고 생각했다.

"아빠!"

빨래를 다 개고 일어서려는데 아이 목소리가 들려 깜짝 놀랐다. 아이는 대문으로 들어온 아저씨를 먼저 발견하고 뛰어나가 안겼다. 아주머니는 빨래를 들고 방으로 들어가려다 말고 뒤돌아섰다. 나도 일어서서 안도의 한숨을 내쉬었다.

"왜 이제 돌아오세요? 생체 실험한다는 곳에 붙잡혀 간 줄 알았잖아요."

"미안해요. 사람 만나는 일이 어려워서 기다리다 보니 그렇게 됐다오."

"만나긴 만났어요?"

"결국 만났지. 일은 잘 해결됐어. 저 아이가 조선으로 갈 수 있는 방법도 알아 가지고 오느라 좀 더 늦었지."

"제가 진짜 조선으로 돌아갈 수 있는 방법이 있다고요?"

아저씨에게 바짝 다가서며 물었다.

"그래. 그런데 간단하지만은 않을 거야. 위험하기도 하고."

"그래도 가야지요."

벌써 가족을 만난 기분이었다.

"그래. 너라면 무사히 갈 수 있을 거야. 연해주에서 여기까지 혼자서 찾아온 걸 보면 조선으로 가는 일은 아주 쉬운 일일지도 모르지. 내일 밤에 떠나는 배가 있으니 그 배편을 이용해야 해. 그 배를 놓치면 한동안 밤에 떠나는 배가 없을 거라고 하더라. 배편이 불안정해서 그런 것이란다. 그래서 이 아저씨가 서둘러 온 거야."

"그럼, 저는 들어가서 미리 보따리를 싸 놓을게요."

"그래라. 잠도 자 두어라. 떠날 때 아저씨가 깨워 줄 테니."

"예."

나는 얼른 방에 들어가 보따리를 쌌다. 돈은 주머니와 보따리에 나누어 넣었다. 만반의 준비를 하고 나서 잠이 오지 않아 앉아서 밤을 샜다. 동이 터 오르자 아저씨가 나가자고 했다. 아주머니와 아이도 함께 나를 배웅해 주었다. 모두가 고마웠다.

"꼭 무사히 돌아가거라!"

"누나, 잘 가."

"아저씨와 아줌마도 함께 가면 좋을 텐데요."

"나중에 나라가 안정이 되면 조선에서 다시 만나자."

아저씨는 시간이 없다며 내 손을 잡고 밖으로 나갔다.

"아저씨, 왜 밤에 가야 해요?"

"밤에는 잘 안 보여서 사람들의 눈에 띄지 않게 잘 숨을 수가 있어서 그래. 너는 이렇게 가지 않으면 조선으로 갈 길이 없어. 네가 여기 중국 사람이 아니기 때문이야. 러시아에서 넘어온 사람들은 모두 불법 체류자이기 때문에 들키면 안 된다. 그렇다고 해서 네가 서류상으로는 조선인도 아니란다. 그러니 배 안에서도 꼭꼭 숨어 있어야 한다. 알겠지?"

"예."

"조선으로 들어가서도 몰래 빠져나가야 한다. 조선은 아직까지 일본 경찰들이 자기네 땅처럼 큰소리치며 살고 있어. 너는 연해주에서 오랫동안 살아서 러시아는 마음대로 다닐 수는 있어도 이제 조선에 들어가서는 마음대로 다닐 수가 없을 거야."

아저씨의 말이 무슨 뜻인지 알 것 같았다. 바냐가 위협하며 했던 말이 생각났다.

하얼빈에서 배를 타는 곳까지는 열차와 버스를 몇 번이나 갈아타고서야 하루가 걸려 도착했다. 배 한 척이 불을 밝히고 대기하고 있었다. 아저씨는 먼저 주변을 살피고 사람들이 없는 틈을 타 나를 번쩍 안아 배의 맨 뒤 오목하게 들어간 곳에 밀어 넣고 옆에 있는 물건들로 덮었다. 캄캄해서 아무것도 보이지 않았지만 안전한 것 같았다. 내가 이곳에 숨어 있으리라고는 아무도 생각하지 못할 듯했다.

“무사히 잘 가거라.”

아저씨 목소리였다. 뚜벅뚜벅 걸어 나가는 소리가 들렸다. 발소리가 점점 작게 들리다가 사라졌다. 사람들이 승선하기 시작했다. 중국어와 조선말이 들렸고 가끔씩 일본어도 들렸다.

배가 움직이기 시작했다. 내 나라 조선으로 돌아간다 생각하니 가슴이 벅차올랐다.

8. 함경북도 온성

배에서 무사히 내렸지만 어디로 가야 할지 막막하기만 했다. 나루터는 많은 사람들로 북적거렸다. 바닥에 앉아 소금과 곡식을 파는 할아버지, 머리빗과 장신구를 파는 아주머니, 지푸라기 초가지붕 아래서 음식을 파는 할머니, 마차에 물건을 가득 싣고 가는 아저씨들의 모습은 모두 활기가 넘쳐 보였다. 연해주에서 여기까지 오면서 못 보았던 새로운 광경이었다. 공기가 포근하게 느껴졌다.

"여기가 어디에요?"

지나가는 아주머니에게 물었다.

"함경도 온성."

"여기서 울릉도까지는 먼가요?"

"울릉도라면 여기서 한참 남쪽으로 내려가야 하는데? 거기까지는 아주 멀지비."

"고맙습니다."

"말투가 여기 사람이 아니구나. 어디서 왔슴매?"

나는 대꾸하지 않고 도망치듯 앞서 걸었다. 뒤를 돌아보니 아주머니가 따라오지 않아 다행이었다. 음식 냄새가 솔솔 풍겨왔다. 왼쪽 편에서 국밥 푸는 것을 보니 입안에 침이 고였다. 카자흐스탄 아주머니 댁에서 질리도록 먹었던 원추리죽이 생각났다. 국밥을 푸고 있는 할머니에게 다가가 호주머니의 돈을 꺼내며 말을 건넸다.

"국밥 한 그릇에 얼마예요?"

"네래 돈 있슴매?"

나는 들고 있던 돈을 내보였다.

"이기 무슨 돈임매?"

국밥 할머니가 질색하며 말했다. 주변에 있는 사람들이 원숭이 구경이라도 하듯 나를 바라보고 있었다.

"고거이 중국 돈 아임매?"

옆에서 국밥을 먹고 있던 할머니가 내가 들고 있는 돈을 보고 말했다. 순간 이곳이 하얼빈이 아니라는 것을 깨달았다.

"중국 거지고만. 저리 가라우. 어쩐지 발음이 션찮다 했어."

국밥 할머니가 눈을 흘기며 말했다.

"이건 제가 번 돈이에요. 전 거지가 아니란 말이에요."

나는 기분이 나빠서 어설픈 조선말로 톡 쏘아붙였다. 손님 할머니는 나를 물끄러미 바라보다가 입을 열었다.

"그럼 그 돈은 어디서 벌었슴매?"

"하얼빈에서요."

"중국 하얼빈 말임매? 그럼 하얼빈에서 살았슴매?"

"원래는 러시아 연해주에서 살았는데 중국 하얼빈을 거쳐 배 타고 여기까지 왔어요."

국밥 할머니는 손님 할머니와 나를 번갈아 쳐다보았다.

"그럼, 가족은 모두 어디 있고 혼자가 됐슴매?"

"열차에서 저만 뛰어내렸어요."

"뭐이? 달리는 열차에서 뛰어내렸단 말임매? 여기 앉아 보아라. 국밥 할마이, 여기 국밥 한 그릇 더 주시오."

나는 국밥을 받아 들고 정신없이 먹어 치웠다. 할머니는 내 국밥값까지 내 주고 자신의 집으로 가자고 했다. 처음 보는 사람이라서 망설여지긴 했지만 마땅히 갈 곳이 없어 순순히 따라나섰다. 자작나무 숲으로 난 길을 따라 걷고 있으니 러시아 연해주에서 할머니와 함께 자작나무 숲을 지나 장에 다녔던 추억들이 머릿속을 맴돌았다. 숲으로 들어서니 공기가 상큼했다. 할머니 집은 나루터에서 꽤 먼 것 같았다. 다리가 아팠다. 할머니가 먼저 바닥에 앉으며 쉬어 가자고 했다.

"할머니는 중국 돈을 어떻게 알아요?"

할머니 옆으로 앉으며 말을 걸었다.

"우리 가족도 러시아 연해주와 만주를 떠돌아다가 다시 조선으로 돌아왔어."

할머니는 나를 동정 어린 눈으로 바라보고는 그만 자리에서 일어섰다. 숲을 빠져나오니 마을이 보였다. 땅거미가 질 무렵이 되어서야 할머니 집에 도착했다. 할머니는 한숨 자고 나서 어두컴컴해지자 찬밥과 국을 상위에 올려 들어왔다.

"찬은 없디만 이거라도 요기를 하라."

"예. 잘 먹겠습니다."

할머니는 아무 말도 하지 않고 국에 밥을 말아 후루룩거리며 입안에 밀어 넣었다.

"여기 온성이 할머니 고향이세요?"

나는 밥을 다 먹고 나서 물었다.

"그렇디. 할아버지가 위독해서리 나와 할아버지만 먼저 들어왔어. 아들과 메느리, 손자는 뒤따라 들어온다더니 감감무소식이 되었지비."

"할아버지가 위독하시면 오시다가 돌아가실 수도 있어서 위험한데 왜 오셨어요?"

열차에서 죽은 사람들의 모습들이 스쳐 지나갔다.

"할아범이 고향에서 묻히고 싶다고 해서리."

할머니 눈에 눈물이 맺혔다. 할아버지가 돌아가셨다는 것을 짐작할 수 있었다.

"그럼 그 지옥 열차는 잘 모르시겠네요?"

"강제 이주 말임매? 그 지독한 사건을 모르는 사람이 어디 있음매? 조선인이라면 다 알고 있지비. 우리 가족은 강제 이주하기 바로 직전에 아들을 따라서 만주로 갔지비. 어디 그 이야기 좀 해 보라."

나는 열차 안에서 있었던 이야기를 생생하게 들려주었다. 열차 안에서 병에 걸려 죽은 아주머니 이야기를 할 때 할머니는 눈물을 흘렸다. 조선인 마을에 찾아가다가 납치당해 생체 실험하는 곳에 끌려가 고초를 겪은 이야기를 듣고 나서는 나를 꼭 끌어안았다.

"여기서도 일본 경찰들이 처녀 총각들을 잡아가고 있어. 우리 손자도 징병에 끌려갔는데 살았는지 죽었는지 알 수가 없어 속이 터진다."

할머니 목소리에서 울먹거림이 느껴지더니 결국 가슴을 치며 울음보를 터뜨렸다. 우리 할머니도 나를 잃고 저렇게 힘들어하고 있을지 궁금했다.

"하얼빈에서는 아이들이 잡혀갈까 봐 큰 항아리에 숨겨 놓는대요."

"몹쓸 놈들. 너도 조심해라. 여기서는 얼마 전까지만 해도 처녀들을 모조리 잡아갔어. 취업시켜 준다고 거짓말하고 데려가기도 했디."

"저도 그런 이야기를 듣긴 했어요."

"넌 집이 어디임매?"

"울릉도요."

"그곳도 일본 놈들의 횡포가 심할 기야. 그곳으로 가다가 그 놈들에게 잡혀갈지도 모르니 여기서 지내다가 잠잠해지면 가기라. 여기도 안전하지는 않디만은. 니 이름은 뭐네? 부를 이름이나 알자꾸나."

"안나예요."

하루빨리 집으로 가고 싶은데 할머니 말을 듣고 나니 조금만 더 기다리면서 집으로 가는 방법을 생각해 봐야 할 것 같았다. 집까지는 무척 먼 것 같은데 갖고 있는 것은 중국 돈 밖에 없어 여비 걱정이 되었다. 가는 길도 잘 몰라 눈앞이 캄캄했다. 무사히 집으로 돌아가는 방법을 알게 될 때까지 온성 할머니에게 신세를 져야겠다고 생각했다.

온성 할머니는 나루터에 가서 텃밭에 농사지은 콩과 채소들을 팔았다. 할머니가 장에 나가면 나는 밥 짓기와 빨래, 설거지, 청소 등을 도맡아 했다. 일은 어렵지 않았다. 할머니가 나를 따뜻하게 대해 주고 친손녀처럼 아껴 줘서 고마웠다. 할머니도 가족과 헤어져 있고 손자가 보고 싶어서 나를 보며 위안을 삼는다고 했다.

마당 샘에서 빨래를 하고 있는데 동네 반장 아주머니가 슬그머니 안으로 들어왔다. 주변을 기웃거리는 폼이 할머니를 찾는 것 같았다.

"할머니는 나루터 장에 나가셨어요."

나는 손을 닦고 일어나며 말했다.

"기렇구나! 너 나이가 어드러케 되네? 혹시 돈 많이 벌고 싶지 않네?"

아주머니가 내게 가까이 다가서더니 작은 소리로 물었다. 영문을 알 수 없어서 얼른 대답하지 않았다. 아주머니는 주변을 둘러본 다음 내 귀에 대고 소리를 낮추어 말했다.

"일본 사람들을 따라가면 니는 돈을 아주 마이 벌 수 있어. 일본 사람들과 친해지면 고저 그들이 니를 잡아가지도 않을 기야. 돈을 많이 벌면 고향 집으로 안전하게 갈 수도 있지비."

아주머니의 말에 마음이 흔들렸다.

"저는 올해 열여섯 살 되었어요. 어디로 가는데요?"

"아주 안성맞춤이고나. 바로 옆 마을이라서 아주 가깝지비. 여기 할마니한테 자주 왔다 갔다 할 수도 있어."

"할머니하고 상의해 보고 내일 답을 드릴게요."

"네래 친할마이도 아닌데 뭘 상의를 함매?"

"그래도 저에게 친손녀처럼 잘해 주셔서요."

"그 노인네가 경우가 바르고 친절하긴 하지비. 하지만 네래 친할마이는 아니잖아?"

아주머니는 입술을 비죽거리며 비꼬는 투로 말했다. 할머니가 대문으로 불쑥 들어오자 아주머니는 죄지은 사람처럼 움찔하며 빠른 걸음으로 도망치듯 나갔다.

"저 에미나이는 뭣하러 왔슴매? 일본 놈들 뒤꽁무니만 따라

다니는 간신배 에미나이."

"저 아주머니가 저한테 돈을 많이 벌게 해 준다고 일본 사람을 따라가랬어요. 집까지 가려면 돈이 필요하긴 한데 따라가도 될까요?"

"뭐이? 저 찢어 죽일 에미나이 같으니라구! 절대로 안 된다. 너 일본 사람들을 따라가면 어드러케 되는지 몰라서 그러네? 그곳은 아주 위험하고 힘든 곳이라고 들었다. 저 에미나이가 꼬득여서 따라간 애들 중에 소식이 끊긴 아이가 많아. 그곳에서 도망나온 아이도 있는데 아주 무시무시한 곳이라는구나. 절대로 안 된다. 돈은 이 할마이가 콩 팔은 돈 모아서 줄 테니 걱정 말기라. 이 할미가 장터에서 들었는데 일본과 전쟁을 한 나라들이 회의를 했는데 그 회의에서 우리 조선의 독립을 약속했다는구나야. 카이로 뭐라고 하던데? 일본이 전쟁 미치광이가 되어 여러 나라와 전쟁을 해서 기운이 약해지고 있다는 기야. 기래서 우리 독립군들과 의병들도 기회다 생각하고 중국 만주와 조선 전역에서 나라를 되찾기 위해 열심히 독립운동을 벌이고 있다는 기야. 조금만 참으면 우리도 곧 일본에게서 나라를 되찾게 될 기야. 이보다 더 좋은 일이 어디 있갔어. 하디만 아직은 일제가 우리한테는 기승을 부리고 있으니 항시 조심해야 한다."

할머니는 어디서 듣고 왔는지 신바람 나게 이야기를 늘어놓았다. 조선인 마을에서 떠나오기 전날 아저씨가 했던 말이 떠올랐다. 일본이 곧 망하게 될 거라는 말이 이를 두고 한 것 같았다. 돈을 버는 일이 힘든 일이라는 것쯤은 나도 잘 알고 있다. 마음 같아서는 그 힘든 고통을 감수하고 돈을 벌어 빨리 고향으로 가고 싶었다. 뒷집 순영이라는 아이 이야기를 듣고 나서 온성 할머니가 쌍지팡이를 짚고 말린 이유를 알 것 같았다. 순영이가 일본군에 끌려가 고통을 겪었던 이야기는 내 몸에 전율을 감돌게 했다.

순영이는 그곳에 다녀온 뒤로 말이 없어지고 멍할 때가 많다고 했다. 동네에서는 순영이를 불쌍하다고 위로해 주는 이들도 있고, 화냥년이라고 욕하는 사람도 있었다. 나는 온성 할머니의 말을 듣고 순영이라는 아이가 궁금해서 그 집 앞까지 갔었다. 순영이는 마당에 주저앉아 먼 산만 바라보고 있었다. 나도 중국에서 일본인들에게 납치당했던 기억이 떠올라 순영이가 얼마나 두려움에 떨며 지냈을지 알 것 같았다.

대문 틈으로 순영이의 모습을 보고 가슴에 통증이 일었다. 가슴을 부여잡고 한동안 서 있었다. 일본인들이 우리에게 앞으로 또 무슨 짓을 더 할지 모른다고 생각하니 가슴속에서 화가 치밀기도 했다. 우리 조선인들이 정신을 바짝 차리지 않으면 그들이 더 큰일을 벌일 것 같았다. 그전에 조선에서 빨리 몰아내야 한다고 생각했다. 뒤돌아서 집으로 돌아가려는데 멀리서 아이들이 뛰어가는 소리가 들렸다.

"약장수다."

'약장수? 아직 보름이 안 된 것 같은데?'

나는 집으로 가려던 발길을 돌려 약장수에게로 향했다. 원래 보름에 한 번씩 오는데 이번에는 일주일 만에 온 것 같았다. 약장수는 올 때마다 우리에게 새로운 이야기를 전해 주어 항상 반가운 손님이었다. 이번에는 어떤 이야기를 들려줄지 몹시 궁금했다. 약장수는 다른 때보다 밝은 표정이었다. 금방 휘파람이라도 나올 것같이 입꼬리가 올라가 있었다. 아이들은 아저씨 앞에 옹기종기 모여 앉아 귀를 쫑긋 세우고 있었다. 나도 아저씨에게 가까이 다가가 아저씨의 입에 눈을 고정시키고 무슨 말이 나올지 기대하며 기다렸다.

"우리 조선의 독립이 가까워지고 있어."

약장수가 속삭이듯 내뱉은 말은 모처럼 만에 풀잎 끝에서 똑똑 떨어지는 아침 이슬처럼 상큼하게 느껴졌다. 그는 더 작은 소리로 일본이 머지않아 조선에서 내쫓기게 된다는 소문이 돈다면서 곧 나라를 되찾게 될 거라고 말했다. 약장수의 말을 듣고 나니 가슴이 벅차올랐다. 일본을 우리 조선에서 내쫓고 나면 집을 찾아가는 일도 더 쉬워질 것이라 생각했다. 문득 머리에 떠오른 것이 있어서 아저씨에게 가까이 다가갔다.

"혹시 울릉도에도 가 보셨어요?"

아저씨가 전국으로 약을 팔러 다닌다면 내 고향에도 가 보았을 것 같아서 물었다.

"그럼. 나는 전국으로 돌아다녀서 안 가 본 곳이 없어."

"혹시 울릉도에는 또 안 가시나요?"

"울릉도는 왜? 볼일이 생겨서 조만간 가게 될 것 같은데."

"정말요? 울릉도가 제 고향이거든요. 저는 지금 고향으로 돌아가는 중이에요. 가실 때 저도 좀 데리고 가 주세요. 네? 꼭이요."

"넌 여기 사람이 아니었구나! 기다리고 있거라. 날짜가 정해지면 다시 오마."

"정말요? 꼭 오셔야 해요. 꼭이요."

그동안 집으로 돌아갈 일이 막막하기만 했었는데 약장수의 말은 메마른 땅에 내린 단비 같았다. 머지않아 집으로 돌아갈 수 있다는 생각에 가슴이 설레었다. 흥분된 마음을 가라앉히기 위해 산으로 뛰어 올라갔다. 먼 곳을 바라보니 가슴이 탁 트였다. 눈앞의 마을들이 고향처럼 느껴졌다. 마음은 벌써 울릉도로 향하고 있었다. 함께 놀았던 친구들도 생각났다. 친구들은 그곳에 그대로 살고 있을지 궁금했다.

울릉도

흙에 고향 이름을 써 보았다.

선희

고향 친구 선희가 생각났다. 그러고 보니 순영이가 선희와 닮은 것 같았다. 순영이를 처음 보았을 때 선희를 보는 것 같았다.

일본은 곧 망한다!

약장수 아저씨의 말이 생각나 써 보았다. 글씨를 쓰고 나니 일본이 정말 망한 것 같은 통쾌감이 느껴졌다. 뾰족한 돌을 주워 박힌 큰 돌에 박박 긁어 글씨를 새겼다.

조선은 다시 일어선다!

글씨를 쓰고 나니 가슴이 뭉클해졌다. 러시아 연해주, 중앙아시아 카자흐스탄, 중국 하얼빈을 떠돌던 생각이 나서 가슴이 벅차올라 눈물이 났다. 연해주에서 엄마에게 혼나 가면서 한글 공부를 했던 추억들도 스쳐 지나갔다. 엄마가 보고 싶어 가슴에 통증이 일었다. 눈물이 볼을 타고 줄줄 흘러내렸다. 돌에 새긴 문구들이 현실이 될 수 있도록 기도를 했다.

새긴 글을 보면 볼수록 힘과 용기가 솟았다. 매일 산에 올라 돌에 새긴 글씨가 지워지지 않게 뾰족한 돌로 깊게 파 놓았다. 갈수록 묘한 힘이 생기는 것 같았다. 산에서 내려오는데 돌부리에 걸려 넘어졌다. 절룩거리며 반장 집 앞을 지날 때였다. 일본 경찰들이 마을에 들이닥쳤다. 그 광경을 보고 반장 집 담벼락 옆에 숨어 그들의 행동을 지켜보았다. 그들은 반장 집으로 빠르게 걸어 들어갔다.

"주민들을 모두 불러 모으시오!"

그들의 소리가 칼날처럼 느껴졌다.

"무슨 일인데 그러십매?"

반장의 놀란 목소리였다.

"모으라면 모으지 뭔 말이 많아?"

반장이 대문 밖으로 다급히 뛰어나가는 모습이 보였다. 얼마 후 사람들은 수군거리며 반장 집 마당으로 몰려들었다. 나도 구석에 자리를 잡았다. 무슨 일인지 궁금했기 때문이다.

"모두 잘 들으시오. 이 동네에 우리 일본을 욕하고 다니는 사람이 있소."

경찰이 한마디 하자 사람들이 수군거렸다.

"자자, 조용히들 하고 말을 끝까지 잘 들으시오."

경찰은 중대한 발표라도 하려는 자세로 마을 사람들을 한 번 휘 둘러보고 말을 이었다.

“저 산 위에 있는 돌에 해괴망측한 한글이 적혀 있소. 범인은 자수를 하시오.”

갑자기 웅성거림이 멈추고 조용해졌다. 가슴이 두근거렸다. 무서워서 선뜻 일어나지 못했다. 일본 경찰은 계속해서 엄포를 놓으며 으르렁거렸다.

“저 산 위에 조선말로 이상한 글을 새긴 사람 빨리 앞으로 나오시오. 나오지 않으면 마을에 불을 지르겠소.”

다시 사람들이 웅성거렸다. 사람들은 누가 나와 주기를 바라는 눈치였다. 웅성거리는 소리가 작아졌다. 경찰은 온갖 무서운 말로 협박을 했다. 그들은 평상시 눈엣가시처럼 보였던 할아버지를 지목했다.

“당신이 그랬지?”

할아버지는 말없이 고개만 빳빳이 들고 그들을 쏘아보았다. 경찰은 옳은 말을 잘하는 할아버지에게 이번 일을 뒤집어씌우려고 억지를 부리는 것 같았다. 할아버지가 눈 하나 깜짝하지 않고 서 있자 그들은 할아버지의 정강이를 발로 차서 꿇어앉혔다. 할아버지는 고개를 들어 눈을 부릅뜨고 쳐다보았다. 그들은 할아버지의 뺨을 때리고 배를 발로 찬 뒤 총으로 머리를 내려쳤다. 할아버지가 옆으로 쓰러지자 경고하는 말을 내뱉고 자리를 떴다.

할아버지 머리에서는 피가 흘러내렸다. 몸이 덜덜 떨렸다. 마을 사람들이 할아버지를 일으켜 부축해 갔다. 나는 미안해서 눈물이 쏟아졌다. 산에서 주워 온 뾰족한 돌을 주머니에서 꺼내 땅을 찍었다. 인정사정없이 찍어도 분이 풀리지 않았다.

9. 작은 새들의 날갯짓

나는 한동안 자리에서 일어나지 못했다. 고개를 숙이고 하염없이 눈물만 흘렸다. 검정 고무신이 보이고 목소리가 들렸다.

"언니가 한 것 다 알아."

깜짝 놀라 고개를 들었다. 순영이었다.

"너, 너는?"

말이 제대로 나오지 않았다. 글씨를 새겨 놓은 장본인이 나라는 것이 일본 경찰의 귀에 들어갈까 두려웠다. 까진 무릎을 감추고, 흙투성이가 된 바지를 털어 냈다.

"신고할 거니?"

콩닥거리는 가슴을 달래며 올려다보았다. 순영이는 고개를 저었다.

"그럼?"

순영이가 내게 좀 더 가까이 다가왔다. 눈초리가 예사롭지 않아 보였다.

"나랑 같이해."

나는 머리를 얻어맞은 것처럼 멍했다.

"복수하고 싶어. 나를 이렇게 만든 놈들에게"

순영이는 울고 있었다. 나는 일어나서 안아 주었다.

"그래. 같이하자."

나는 순영이 등을 토닥이며 말했다. 한동안 품에 안고 함께 울었다. 순영이 울음소리가 점점 커졌다. 그동안 맺힌 한을 풀어내는 소리처럼 들렸다.

"언니, 고마워."

순영이 얼굴이 눈물범벅 되어 얼룩져 있었다. 소매로 얼굴을 닦아 주었다.

"아이들과 함께하는 건 어때? 많은 사람이 힘을 합치면 더 든든할 거야."

나는 순영이의 마음이 진정된 것 같아 말했다.

"그럼, 자작나무 숲으로 가 볼까? 거기서 아이들이 놀고 있을 거야."

"그래. 가자."

순영이와 손을 잡고 자작나무 숲으로 달려갔다. 아이들은 여느 때처럼 전쟁놀이를 하고 있었다. 아이들이 우리를 발견하고 달려왔다. 동네 아이들은 어느덧 나를 언니나 누나처럼 잘 따라주어 고마웠다.

"언니, 왜 왔어?"

막내 아이가 숨을 헐떡이며 말했다.

"우리와 산에 갈래?"

"산에 가서 뭐하게?"

남자아이가 물었다.

"따라와 보면 알아. 같이 가자!"

"응."

"나도."

"나도!"

아이들이 모두 호기심이 가득한 표정으로 대답했다. 나는 순영이 손을 꼭 잡고 앞장서서 산으로 향했다. 아이들은 재잘거리며 뒤를 따랐다.

"여기야!"

내가 쓴 글씨 앞에 서서 올라오고 있는 아이들에게 소리쳤다.

일본은 곧 망한다!

"어? 여기 누가 낙서했다!"

가장 먼저 올라온 아이가 숨을 헐떡거리며 바위에 쓴 글씨를 보고 말했다. 아이들이 글씨 앞으로 몰려들었다.

"내가 쓴 거야."

"이런 낙서를 왜 했어? 무섭게."

아이가 겁먹은 얼굴로 말했다.

"저들은 더한 낙서도 했어. 칼이나 뾰족한 침으로 사람 몸에 낙서를 한 괴물들이라고."

순영이가 낮은 목소리로 말했다. 침묵하며 듣고 있던 아이들은 얼굴을 찌푸렸다. 거짓말이라고 생각하는 것 같았다. 순영이는 앞의 옷을 올려 아이들에게 배를 보여 주었다. 뱀이 기어가는 것처럼 생긴 흉터가 세 개나 있었다. 섬뜩했다. 아이들이 소리를 질렀다. 순영이는 몸을 돌려 등까지 보여 주었다. 불로 지져서 살이 탄 자국 같은 검은색 흉터가 수도 없이 많았다. 어린아이가 낙서를 한 것 같은 이상한 그림도 있었다. 모두 지워지지 않을 흉터였다.

"이 흉터는 저 일본 사람들이 한 잔인한 낙서야."

내가 순영이 등의 옷을 내려 주며 말했다.

“원수를 꼭 갚아 줄 거야.”

순영이가 먼저 돌을 집어 들면서 말했다.

취업 사기를 친 늑대 같은 일본 놈들!

순영이는 바위에 돌로 그어 글씨를 새겼다. 아이들이 숨죽이고 순영이 손을 바라보았다. 순영이는 돌로 글씨 위를 박박 그었다. 글씨들이 독을 품고 꿈틀거리는 독사처럼 보였다. 남자아이가 이어서 돌을 집어 들었다.

모두 천벌 받아라.

커다란 돌에 글씨를 새겼다. 지켜보던 아이들은 하나둘씩 흩어져 돌을 주워 들었다.

악당들은 물러가라.

망해 버려라, 일본

일본은 지옥에나 떨어져라.

아이들은 큰 돌덩이와 바위 등에 각자의 방식으로 글씨를 쓰고 있었다. 그 모습들은 마치 그동안 가슴에 쌓인 한을 풀어내는 것처럼 보였다. 해가 질 무렵이 되자 주변은 온통 한글로 뒤덮여 있었다. 아이들의 얼굴에 화색이 돌았다.

“자, 이제 오늘은 그만하고 내일부터는 튼튼한 막대기와 숯을 하나씩 가지고 모여.”

"기런 건 왜 가지고 오라 함매?"

"검은 숯으로 돌에 글씨를 새기면 더 선명하게 보일 것 같아서. 그리고 막대기는 일본 사람들이 시비를 걸면 대적할 무기야."

아이들이 모두 고개를 끄덕였다.

이튿날부터 우리는 매일 숯과 막대기 하나씩을 들고 자작나무 숲으로 모여 산으로 올라갔다. 산에서 내려올 때는 일본 경찰들의 눈을 피해 멀리 돌아서 내려올 때가 많았다. 날이 갈수록 함께하는 아이들이 늘어 갔다. 학교에서 일본 친구들이나 일본 편을 드는 조선 친구들에게 괴롭힘을 당한 아이들이 모두 몰려든 것이다. 산에 있는 돌과 바위마다 모두 일본이 망하고 조선이 다시 나라를 되찾게 된다는 글들로 가득했다. 우리는 매일 장소를 다른 곳으로 옮겨 다니며 글씨를 새겼다.

아이들의 글씨를 유심히 살펴보니 낙서가 갈수록 변해 가고 있었다. 처음에는 일본인을 저주하고 악담하는 글이었지만 어느 순간부터는 자신의 소원을 새기기 시작했다.

내 소원은 한글 동화책 읽기

어린아이의 글씨였다.

일본이 우리에게 무릎 꿇고 사죄하는 그날이 오기를

내가 그 밑에 썼다. 나는 글씨를 새기면서 감정이 벅차올라

아랫입술을 깨물었다. 여자아이들이 미소를 지으며 막대기를 집어 들었다.

내 소원은 설날에 색동저고리 입기

내 소원은 추석에 송편 실컷 먹기

글씨를 쓰는 아이들은 몹시 즐거워 보였다. 서로 모르는 글자는 가르쳐 주고 틀린 글자를 고쳐 주는 모습이 눈부시게 아름다웠다. 정성을 다해 돌에 글씨를 새기는 아이가 있어 가까이 가보았다.

김말근

“니 이름이니?”

“응. 우리 할아버지가 티 없이 의롭게 살라는 뜻으로 지어 주신 한글 이름이야. 난 학교에서 아키히로라 불리는 게 너무 싫어.”

“나도 히미츠가 너무 싫어. 내 이름은 이차분인데. 우리 엄마가 성격이 찬찬하고 침착하라고 지어 주신 거야.”

듣고 있던 옆에 아이가 말했다.

“나도 마사오라 불리는 게 너무 싫어. 내 이름은 박명자인데.”

아이들은 학교에서 일본 이름으로 불리는 것에 대한 불만을 토로했다. 말하지 않고 지켜보고 있던 여자아이가 숯 막대기를 들더니 돌에 글씨를 썼다.

안달선

다른 아이들도 숯막대기를 주워 들고 각자 글씨를 새기기 시작했다.

고석배

김명희

조순구

모두가 자기 이름을 새기고 있었다. 아이들의 입가에 미소가 번졌다.

'나는 강설희인데.'

내 진짜 이름을 머릿속으로 되뇌어 보았다. 할머니가 나루터 장에서 오기 전에 집안일을 해 놓아야 할 것 같아서 내일 다시 오기로 하고 내려왔다. 오늘도 일본 경찰들은 보이지 않았다.

"요즘 일본 경찰들이 안 보이는 것이 이상하지 않니?"

"우리의 기세가 등등해지니 놈들이 무서워서 다 도망갔나 봐."

아이들은 집에 가지 않고 자작나무 숲에서 전쟁놀이를 한다고 했다. 전보다 아이들이 밝고 편안해 보였다. 집으로 걸어가는 동안 머릿속에 '강설희'라는 내 이름이 계속 맴돌았다. 아빠가 지어 준 이름인데 눈처럼 빛나는 사람이 되라는 뜻으로 지었다고 들었다.

집에 도착하니 온성 할머니가 감자를 삶아 놓고 누군가를 기다리고 있는 것 같았다.

"할머니, 일찍 돌아오셨네요? 누구 기다리세요?"

"널 기다리고 있었어. 배고프지? 여기 앉아 감자 먹자. 나가 봐야 할 곳이 있어. 일본인들이 이곳에서 곧 철수하게 된다는구나. 네래 머지않아 가족들을 만날 것 같구나야."

할머니 얼굴에 환한 웃음꽃이 피어올랐다. 그동안 일본인들의 횡포가 덜해지고, 이사를 떠나는 사람들도 늘어 갔던 이유를 알 것 같았다. 우리도 일본을 쫓아내는 데 한몫한 것 같아 어깨가 으쓱했다. 할머니가 감자를 다 먹고 밖에 나가 봐야 한다며 일어섰다. 전국에서 독립운동을 하는 사람들이 이곳으로 모이는데 혹시 아들 소식이라도 들을까 해서 나가 보려는 참이라고 했다. 나도 할머니를 따라나섰다.

반장 집 마당에는 벌써 많은 사람들이 모여 있었다. 그때 한 사람이 앞으로 나가더니 관중들을 바라보고 섰다. 나는 그 사람을 보고 깜짝 놀랐다.

"아니! 터, 털보 아저씨가?"

앞에 서 있는 사람은 분명 털보였다.

"아니! 저, 저 사람이 살아 있었어!"

온성 할머니는 털보를 바라보고 얼굴에 놀라움과 기쁨이 함께 교차하고 있었다.

"할머니, 저 아저씨를 아세요?"

"아다마다. 저 사람과 우리 아들과 아주 절친한 사이였드랬어. 나라를 위해 좋은 일 많이 했지. 러시아 연해주에 있을 때 쫓겨 다니는 걸 봤는디 죽은 줄 알았더니만 조렇게 살아 있구나."

할머니는 털보에게 눈을 고정한 채로 대답했다.

"저 사람이 우리 조선을 위해 좋은 일을 했다고요? 아닐걸요? 할머니는 저 아저씨가 온다는 걸 알고 나왔어요?"

"몰랐지. 이따 저 사람 좀 만나면 우리 아들 소식 좀 물어봐야겠어."

온성 할머니는 털보가 자기 아들 때문에 어쩔 수 없이 일본편이 되어 있는 것을 모르고 있는 듯했다. 털보에 대해 아무것도 모르는 할머니는 그를 향해 계속 손을 흔들었다. 털보를 먼 곳에서 바라보니 하얼빈 생체 실험장에서 보았던 젊은 군인의 얼굴과 겹쳐졌다. 그 젊은 군인을 보고 내가 알고 있는 누군가를 많이 닮았다고 생각했던 수수께끼가 이제야 풀린 것 같았다.

탕! 탕! 탕!

누군가가 털보를 향해 총을 쏘았다. 털보가 어디론가 사라졌다. 나는 할머니와 함께 털보가 달아난 쪽으로 뛰어가 보았다. 그는 구석에 몸을 움츠리고 숨어 있었다. 시간이 조금 지난 뒤 그는 잔뜩 겁먹은 표정으로 슬금슬금 주변을 살피면서 일어나 달아났다.

"저놈 잡아라. 배신자를 놓치면 안 된다."

총을 든 사람은 털보 쪽으로 뛰어가며 마구 쏘아댔다. 털보는 얼마 못 가서 고꾸라졌다. 털보 주변으로 피가 번지고 있었다. 총을 든 사람이 관중 앞으로 뛰어나갔다.

"저자는 놈들과 한패요. 저 사람은 우리를 한곳에 모아 놓고 놈들에게 인계를 하려고 그러는 거요."

온성 할머니는 털보가 쓰러진 곳으로 가서 기웃거리더니 자리에 털썩 주저앉아 울음을 터뜨렸다. 광장에 모였던 사람들이 웅성거리며 하나둘씩 자리를 뜨기 시작했다. 해가 저물고 날은 어두워지고 있었다.

"아이고, 내 아들은 어디로 간 거임매? 내 아들 소식 좀 전해주고 가지 매정한 사람 같으니라구!"

"할머니, 이제 일어나세요. 집에 가요. 저 사람은 일본 편이

래요."

"뭐이? 그럴 리가 없어. 그럴 리가 없어."

온성 할머니는 부정했다. 아니기를 바라는 것 같았다. 그때 옆에서 아저씨들의 대화 소리가 들려왔다.

"저 털보 놈 때문에 우리 젊은이들이 왜놈들에게 많이 잡혀갔잖아. 무관학교 다닐 때 생각나?"

"기럼, 기럼. 저 털보 놈하고 니랑 내랑 삼총사였잖아. 우리끼리 나라를 지키기로 맹세했었지 않네. 기런데 어떻게 해서 저 놈은 저런 꼴이 되었는지 모르갔어."

"연해주 사람 말에 의하면 아들놈 때문에 그렇게 된 것이라는고만. 아들놈이 무척 똑똑했는데 일본 군대에서 인질로 삼아 털보를 끌어들였다는 거야. 일본은 그 아들을 공부시켜 화학 실험하는 곳으로 보내 놓았다는고만. 인간 생체 실험장이라던데, 얼마나 무섭고 힘들었을까? 때려죽일 놈들."

나는 대번에 무슨 이야기인지 알 것 같았다. 기계처럼 무표정했던 그의 얼굴이 떠올랐다. 무표정했던 것이 아니라 어쩌면 무서움에 떨고 있는 모습이었을 수도 있다는 생각이 들었다. 비록 배신자의 아들이지만 내 목숨을 살려 준 생명의 은인이기도 해서 나는 마음을 어디에 두어야 할지 갈피를 잡을 수가 없었다.

그곳에서 겪은 일들이 상기되어 소름이 돋았다. 총성과 사람들의 울부짖는 소리가 들리는 것 같아 손바닥을 펴서 얼른 귀를 막았다. 털보가 피를 흘리며 쓰러진 장면이 보였다.

"기랬고만! 부모가 자식을 위해서는 간까지 빼놓으니끼니 그 마음 이해는 한다만 기래도 자식 살리자고 남의 자식을 대신 내놓으면 쓰간?"

"기래 맞다. 자기 자식을 살리기 위해 남의 자식을 재물로 바치는 건 사람의 탈을 쓰고 할 짓이 아니야. 그러니 저렇게 천벌을 받는 게 당연해."

할머니는 아저씨 둘의 대화가 끝날 때까지 꼼짝 않고 그들의 말에 귀를 기울이고 있었다. 아저씨들이 자리를 뜬 뒤에야 할머니는 말없이 일어섰다. 비틀거리는 할머니의 팔짱을 끼고 부축해 집으로 돌아갔다. 그날 밤은 온성 할머니 옆에 누워 할머니 아들에 대한 이야기를 들으며 잠이 들었다.

간밤에 우리 할머니와 아빠를 만나는 꿈을 꾸고 나서 온성 할머니에게 기분이 좋았다고 말했더니 기쁜 일이 생길 예지몽이라고 했다. 아침을 먹고 동네를 한 바퀴 돌아보려고 나갔다. 공기가 상쾌했다. 먼발치에서 약장수가 들어오는 모습이 보였다.

'약장수가 이른 아침에 어쩐 일이지?'

가던 길을 멈추고 서서 약장수를 기다렸다. 약장수가 나를 발견하고 다가왔다.

"마침 잘 만났다. 너를 만나러 가던 참이었어. 삼일 뒤 울릉도에 가기로 했는데 너도 그때 같이 가면 될 것 같구나."

"정말요? 고맙습니다. 고맙습니다."

"그럼, 삼일 뒤 다시 올 테니 떠날 준비해 놓고 있거라. 오늘은 이 말을 전하러 왔단다."

"네, 고맙습니다. 고맙습니다."

몇 번이나 머리를 조아리며 인사했다. 삼일 뒤에 떠난다니 마음이 급해져 집으로 달려갔다.

"할머니, 할머니!"

"왜 그렇매? 숨넘어가겠어. 물 좀 마시거라."

"저, 집에 갈 수 있게 됐어요."

"뭐이? 어드러케 말임매?"

"약장수 아저씨가 삼일 뒤에 울릉도에 갈 일이 있대요."

"약장수가 믿을 만한 사람이긴 하지만 사람 속은 모르는 일이니 좀 더 생각해 보자."

할머니는 갑자기 닥친 일이라서 혼란스러워하는 것 같았다. 나는 기회를 놓치고 싶지 않아 가겠다고 우겼다. 이런 기회는 다시 오지 않을 것 같아 무작정 가야만 한다고 생각했다. 할머니는 내 생각이 완고한 것을 알고 만반의 준비를 하자고 했다.

나는 미리 보따리를 챙겨 놓고 떠날 준비를 끝내 놓았다. 할머니도 내가 가면서 먹을 것들을 준비했다. 오래 두고 먹어도 상하지 않게 고구마를 삶아서 썰어 말리고, 밥을 하면 누룽지를 모아 두기도 하고 콩을 볶기도 했다. 삼일이 생각보다 빠르게 지나갔다. 약장수는 약속대로 삼일 뒤 마을에 들어왔다. 할머니는 그동안 준비해 놓았던 먹을거리들을 내 보따리에 넣어 주었다.

“안나야, 약장수가 아무리 좋은 사람이라 해도 남자이니 조심해야 한다.”

“예.”

“길을 잃어버리거든 울진으로 가는 버스를 타거라. 울진에서 울릉도 도동리로 들어가는 배가 있어. 울진. 잊어버리지 마.”

“예.”

나는 보따리에서 종이와 연필을 꺼내 ‘울진’이라고 적어서 도로 넣었다.

“이 돈은 여비로 쓰거라. 부디 몸조심하고.”

할머니가 돈을 꺼내 주머니에 찔러주면서 말했다.

“예, 고맙습니다. 고맙습니다. 꼭 갚으러 올게요. 할머니도 몸조심하세요.”

“무사히 잘 가야 한다. 사람 조심하고.”

“예, 할머니. 꼭 잊지 않고 찾아올게요.”

“이 할미는 네가 우리 집에 있는 동안 행복했단다.”

“저도요. 할머니, 건강하세요.”

할머니와 작별 인사를 하고 있는데 약장수가 다가와 이제 떠나야 한다고 말했다.

“기래, 기래. 어서 떠나거라. 이봐요, 약장수 어른, 이 아이를 잘 부탁하오.”

“우리가 거기까지 무사히 도착하는 것은 운명입니다. 아래 지방에서는 아직 놈들이 진을 치고 있어서요.”

“이제 그들 기가 꺾일 때가 되었어.”

“예, 그렇긴 하지요. 그럼 안녕히 계세요.”

약장수가 인사를 하고 뒤돌아 걸어갔다.

“할머니, 제가 다시 뵈러 올 때까지 꼭 건강하셔야 해요. 꼭이요.”

나는 할머니를 한 번 더 꼭 안고 난 뒤에 뒤돌아서 뛰어갔다. 뒤에서 몸조심하라는 할머니의 목소리가 계속 들려왔다.

10. 내 이름은 강설희

약장수는 분명히 울릉도로 간다고 했는데 강릉에서 내렸다. 지역 이름이 생소해서 슬쩍 보따리에서 종이를 꺼내 보았다. 내려야 할 곳은 울진이었다. 울릉도로 들어가려면 울진으로 가야 한다고 들었는데 강릉에서 내린 것이 이상했다. 약장수가 아무리 착해도 남자이니 조심하라는 온성 할머니의 말이 뇌리를 스쳐 지나갔다. 약장수에게 엮이어 내 삶이 또 꼬일까 두려웠다. 여기서 울진으로 가는 버스만 타면 혼자서도 충분히 집을 찾아갈 수 있을 것 같았다. 약장수를 따돌리고 숨어 있다가 울진으로 가는 버스를 찾아봐야겠다고 생각했다.

"아저씨, 울릉도로 간다고 하지 않으셨어요?"

약장수를 떠보려고 물었다.

"그래. 가고 있잖니."

눈 하나 깜짝하지 않고 거짓말을 했다.

"여기는 강릉이잖아요."

"여기서 배를 타고 가려고 그러지."

아무래도 다른 속셈이 있는 것 같았다. 선착장으로 가기 전에 무슨 수를 써야 할 것 같았다. 순순히 따라나섰다가는 다른 외딴섬으로 끌려가 감금될 수도 있을 것 같은 생각이 들었다. 우선 여기서 어느 지역으로 가는 버스가 있는지 슬쩍슬쩍 주변을 훑어보았다. '울진'이라는 글씨가 눈앞에 보여 심장이 멎는 줄 알았다. 확인하려고 몇 번이고 버스를 바라보았다. 울진이라는 글씨가 확실했다. 가슴이 두근거렸다. 주변을 두리번거리며 뭔가를 찾고 있는 아저씨를 급하게 불렀다.

"아저씨, 화장실에 좀."

나는 인상을 찌푸리며 배를 움켜잡았다.

"얼른 다녀오거라. 이참에 아저씨도 화장실에 가서 볼일 좀 시원하게 보고 가야겠다. 선착장까지 가는 차는 다음 차를 타야겠어."

"아저씨도 배가 아프세요?"

"응. 며칠간 화장실을 못 갔더니만."

나는 첫 번째 화장실로 뛰어 들어가는 척하다가 약장수가 끝 칸으로 들어가는 것을 보고 재빨리 나와 울진행 버스에 올라탔다. 자리를 잡고 앉아 버스가 빨리 떠나기를 간절히 바랐다.

조수가 올라타더니 차비를 걷었다. 나는 약장수가 화장실에서 나오는 걸 보려고 계속 밖을 바라보았다. 조수가 차비를 다 걷고 조수석에 앉자 운전기사가 시동을 걸었다. 곧 출발할 모양이었다. 드디어 약장수가 화장실에서 나와 두리번거리는 모습이 보였다. 그 모습은 마치 늑대가 좋은 먹잇감을 놓치고 혈안이 되어 미친 듯 찾고 있는 것 같았다. 그는 주변을 둘러보고는 화장실 쪽을 계속 기웃거리고 있었다. 버스가 서서히 움직이더니 정류장을 빠져나와 달리기 시작했다. 두려웠던 마음은 곧 흐뭇함으로 바뀌었다.

고향을 향해 달리는 버스 안에 있다는 것이 꿈만 같았다. 버스는 오랫동안 달려서 울진으로 들어갔다. 해안가로 접어들었을 때 선착장이 보여 조수에게 다가가 내려 달라고 말했다. 선착장으로 가서 배편을 알아봤더니 울릉도 도동리로 들어가는 배가 있었다. 강릉에서부터 우여곡절 없이 뭔가 척척 진행되고 있는 것 같아 기분이 좋았다. 그동안의 고생에 대한 보상을 받는 기분이었다. 도동리까지는 멀지 않았다. 배에서 내려 도동리 땅을 밟은 게 꿈처럼 느껴져 울컥했다.

해안 길을 돌아서 마을이 보이는 쪽으로 걸었다. 10리 정도를 걸었을 때 마을 어귀가 보였다. 주변 환경이 낯설어 그 마을이 우리 동네인지 분간할 수가 없었다. 일단 동네로 들어가 보면 알 것 같았다. 개울을 따라 한참을 걸어 언덕배기로 난 좁은 흙길로 올라서니 멀리서 돌다리와 큰 나무가 보였다. 개울의 돌다리와 나무를 보니 어렴풋이 어릴 적 고향 친구 선희가 떠올랐다. 돌다리에 가까워지고 나서야 친구들과 놀았던 기억들이 되살아나기 시작했다. 선희와 가위바위보 해서 돌다리 빨리 건너기 시합했던 기억도 선명해졌다.

마을 어귀에 버티고 있는 큰 나무는 회화나무였다. 회화나무 아래서 고무줄놀이를 했던 추억들이 떠올랐다. 나무가 팔을 흔들어 나를 반겨 주는 것 같았다. 오랜만에 친구를 만난 것처럼 반가웠다. 10리를 걸어서 바닷가로 나가 모래 놀이를 했던 추억도 떠올랐다. 모든 것이 기억 속 과거의 모습과 달라진 것은 없었다.

달라진 것이 있다면 전에 커다랗게만 보였던 돌다리가 작게 보이는 것뿐이었다. 돌다리를 건너 마을 어귀로 들어서니 회화나무 아래 앉아 일을 하는 할머니와 할아버지가 보였다. 나물을 다

듬는 것 같았다. 마을 안으로 달구지를 끌고 가는 사람들도 있었다. 지푸라기 가방을 들고 가는 몇 명의 아낙네들을 보니 엄마가 생각났다. 마을은 옛날 모습 그대로였다. 엄마가 없어서 슬픈 것 빼고는 모든 것이 평화로워 보였다. 듬성듬성 있는 초가집들 가운데 우리 집이 보였다. 가슴이 벅차올라 터질 것 같았다.

'집에 가족들이 모두 와 있을까?'

마당까지 갔을 때 여덟, 아홉 살쯤 되어 보이는 아이가 혼자 놀이를 하다가 나를 보더니 집 안으로 뛰어 들어갔다.

'우리 집에 다른 사람이 살고 있는 걸까? 할머니는 아직 오지 않은 걸까?'

아이가 할머니를 부르는 소리가 들렸다. 잠시 뒤에 아이는 할머니 손을 끌고 밖으로 나왔다. 얼굴은 잘 보이지 않았지만 허리가 많이 굽어 있는 걸 보니 우리 할머니가 아니었다.

'우리 할머니는 허리가 꼿꼿한데…….'

할머니 손에는 작은 바가지가 들려 있었다. 할머니가 허리를 잠시 펴고 섰을 때 우리 할머니를 많이 닮은 것 같아 빠르게 걸어갔다. 우리 할머니가 맞았다. 많이 구부러져 있는 허리가 그동안의 고생을 말해 주는 것 같았다. 너무 반가워 뛰어가려는데 몸이 말을 듣지 않았다. 온몸에 힘이 풀려 주저앉고 말았다.

"이봐요. 아가씨, 정신 차려요."

할머니가 다가와 주저앉아 옆으로 쓰러진 나를 흔들었다. 분명 우리 할머니 목소리였다. 아이가 할머니에게 가서 거지가 왔다고 알려 준 모양이었다. 바가지에 들어 있는 것은 보리밥이었다.

"못 먹어서 기운이 없는 모양이네. 이것 좀 먹어 보구려."

할머니는 바가지를 내 앞에 놓아 주었다.

"할머니."

"왜 그러우. 쯧쯧, 길을 헤매다 집을 잘못 찾아왔구먼?"

"할머니, 나, 나 설희."

"뭐? 뭐라고? 니, 니가 설희라고? 우리 설희가 진짜 맞는 거냐? 어디 좀 보자."

할머니는 내 얼굴을 양손으로 잡고 바라보았다.

"살아 있었구나, 내 새끼."

할머니는 나를 반쯤 일으켜 한 손으로 안고 다른 한 손으로 내 얼굴을 어루만졌다. 눈물이 글썽글썽하더니 내 볼에 얼굴을 비비며 울음보를 터뜨렸다. 내 눈물과 할머니 눈물이 서로 섞여 범벅이 되었다.

"이 어린것이 그 먼 곳에서 죽지 않고 잘도 찾아왔네. 우리 애기가 이제 어엿한 숙녀가 되었구먼. 이제 몇 살이지?"

"열여덟 살."

할머니는 나를 놓지 않고 계속 울었다. 아이도 할머니 치맛자락을 잡고 훌쩍거리고 있었다. 아이를 보니 누구인지 금방 알 것 같았다. 동그란 눈과 갸름한 얼굴형이 엄마를 많이 닮았다. 할머니가 진정하고 몸을 일으켜 세웠다. 나도 눈물을 닦고 일어났다.

"니 동생이다. 엄마 배 속에 있던 아기가 벌써 이렇게 컸어."

나는 아이를 멍하니 바라보았다. 안아 보려고 다가갔더니 몸을 피했다. 마치 지옥 열차에서 죽었으면 하고 바랐던 내 마음을 알고 있는 것같이 냉정하게 대했다.

"몇 살이니?"

아이의 두 손을 잡고 물었다. 아이는 할머니 눈치를 살피며 쭈뼛쭈뼛했다.

"새봄아, 니 언니야. 친언니. 네가 엄마 배 속에 있을 때 헤어졌어."

할머니가 아이의 머리를 쓰다듬으며 말했다.

"이름이 새봄이구나. 참 예쁘네! 나이는 아홉 살이겠구나. 이름을 누가 지어 주었니?"

"할머니가."

새봄이가 고개를 끄덕이며 말했다.

"새봄을 맞이하라고 지어 주었지."

할머니가 말을 하면서 시선을 먼 곳에 두었다. 나는 새봄이의 두 손을 잡은 채로 눈을 맞춘 다음 몸을 살폈다. 얼굴이 해맑고 몸에는 상처 하나 없었다. 말 그대로 새봄 같았다. 새봄이를 안아 보려고 잡고 있는 손을 내 쪽으로 가까이 끌어오자 새봄이는 눈을 동그랗게 뜨고 나를 똑바로 바라보았다. 엄마가 나를 바라보는 것 같아 눈물이 났다. 나도 모르게 새봄이를 와락 끌어안았다. 다행히 뿌리치지 않았다. 할머니는 이제 안으로 들어가자고 새봄이와 내 손을 잡았다.

할머니는 안으로 들어오자마자 부엌으로 가서 밥상을 차려 들여왔다. 나는 그동안 새봄이와 놀아 주었다. 밥을 다 먹고 설거지를 하려고 상을 들었더니 할머니가 빼앗아 들고 나갔다. 허리는 고부라져 있어도 아직까지는 강인함이 남아 있었다.

"설거지는 이 할미가 할 테니 너는 동생과 놀고 있어. 에고, 불쌍한 것."

할머니는 상을 들고 나가며 말했다.

"그동안 얼마나 굶주렸으면 몸이 이지경이 되었어. 뼈만 앙상하게 남았구나."

할머니가 설거지를 하고 들어와서 내 몸을 구석구석 만져 보더니 말했다.

“고단할 테니 일찌감치 자자.”

할머니가 이불을 폈다. 내가 할머니 오른쪽에 눕자 새봄이가 왼쪽으로 건너가 누웠다. 오랜만에 할머니 옆에 누우니 마음이 편안했다. 잠은 쉽게 오지 않았다. 새봄이는 금방 잠이 든 것 같았다.

“아빠와 설국이 소식은 들었어?”

할머니도 잠을 못 이루고 있는 것 같아 물었다.

“아빠는 만주에서 조선으로 들어오는 중이라고 들었는데 설국이 그 어린것은 어떻게 지내고 있는지…….”

할머니가 말을 하다 말고 훌쩍이며 소매로 눈물을 닦았다.

“아빠 오면 함께 데리러 가자.”

할머니는 다시 말을 꺼내 마무리하고 나서 나를 껴안았다. 할머니 품속은 예전과 다름없이 포근했다.

“할머니! 기차에서 왜 나만 밀어내고 엄마와 할머니는 내리지 않았어?”

할머니는 대답 대신 나를 더 세게 끌어안고 한동안 침묵하다가 말을 꺼냈다.

“너를 밀어낸 것이 아니라 엄마가 넘어지는 바람에 네가 떠밀려 나가게 된 거야. 너를 따라 뛰어내리려고 하는데 엄마가 주저앉아 일어나지 못해서 이 할미도 어쩔 수가 없었지. 이 할미라도 뛰어내렸어야 하는데 배부른 니 어미를 혼자 두고 내릴 수도 없어 이러지도 저러지도 못해 발만 동동 구르다 보니 도착지까지 가게 되었구나. 조선으로 돌아오면 언젠가는 만날 수 있겠지 생각하고 이 할미도 목숨을 걸고 여기까지 온 거야. 이제껏 네 걱정만 하면서 살아왔는데 이렇게 살아서 돌아오니 이 할미는 이제 죽어도 여한이 없구나."

"카자흐스탄에서 할머니 봤다는 사람들을 만났는데 내 이야기를 못 들었다고 했어. 마치 없는 사람 취급당하는 것 같아서 두려웠어."

"휴우, 거기서 엄마 소식도 들었겠구나. 독립운동가 집안의 후손들은 누가 언제 어떻게 해코지를 할지 모르니 드러내지 않는 것이 좋을 것 같아서 그런 거야. 우리 손녀 손자 이야기를 왜 안 하고 싶겠어?"

할머니 마음이 이해가 갔지만 마음 한쪽 구석에서는 서운함이 가시지 않았다.

며칠 동안 아무 일도 하지 않고 먹고 자고 하면서 여독을 풀었다. 모처럼 만에 새벽 일찍 눈을 떴는데 할머니는 벌써 나가고 없었다. 소변이 마려워 문을 열고 나갔더니 대문 앞에서 윗집 아주머니와 할머니가 이야기를 나누고 있었다. 둘의 표정을 보니 심각한 일이 벌어진 것 같았다. 아주머니가 돌아가고 할머니는 나에게 밥상 차리는 것을 서두르자고 했다. 할머니는 밥을 얼른 먹고 장롱에서 보따리를 가지고 나와 종이를 꺼냈다. 태극기였다.

"할머니, 태극기는 왜?"

"응. 태극기를 들고 모두 바닷가로 모이라는구나."

"나도 태극기 있는데."

나도 내가 가져온 보따리에서 태극기를 꺼내 들고 새봄이를 깨웠다. 할머니와 함께 광장으로 나가니 사람들이 모여 있었다. 사람들은 저마다 태극기를 들고 흔들었다.

"자! 여러분, 여기서는 일본인들을 다 몰아냈소. 이제 저기 보이는 우리 독도에 진을 치고 있는 일본 사람들만 돌려보내면 되오. 독도에 살고 있는 우리 주민이 많지 않아서 여러분을 불렀습니다. 함께 힘을 합해 놈들을 몰아냅시다."

사람들이 환호성을 치며 태극기를 높이 들어 흔들었다.

"자, 이제 배를 타세요."

다른 한 사람이 소리치며 앞장서서 배 쪽으로 갔다. 사람들은 차례를 지키며 배에 모두 올라탔다.

"설희야, 너는 새봄이를 데리고 집에 가 있거라. 이 할미만 혼자 다녀오마."

"할머니는 그렇게 허리가 고부라졌으면서 어떻게 가려고 그래? 내가 갈 테니 할머니가 새봄이를 데리고 여기 있어."

"아직까지는 이 할미 괜찮다. 이제 더 이상 너를 고생시킬 수는 없어. 내 가서 일본 놈들 몰아내는 거 눈으로 똑바로 보고 말 테다."

"할머니, 그럼 우리 다 같이 가."

내가 고집을 부리자 할 수 없이 함께 타자고 했다. 우리가 타고 나서 몇 명을 더 태우고 배는 독도를 향해 떠났다. 배가 독도에 닿았을 때 기다리고 있는 사람들이 있었다. 배에서 내려 조선인들이 모여 있는 모래사장으로 갔다. 일본 사람들이 모여 있는 쪽에서 포가 날아왔다. 상황의 심각함이 느껴졌다. 새봄이는 내 옆으로 바짝 다가와 내 팔을 꽉 잡았다. 나는 새봄이가 무섭지 않게 꼭 안아 주었다. 배에서 내려온 사람들이 제각기 숨을 곳을 찾아 들어갔다. 우리 쪽 사람이 많이 부족해 보였다. 니는 심부름이라도 해야 할 것 같아 잘 왔다고 생각했다. 할머니와 나는 일단 새봄이를 데리고 바위틈으로 들어가 몸을 숨겼다.

새들이 갑자기 어디선가 나타나더니 꾹꾹꾹꾹 꾹꾹꾹 소리를 지르며 하늘로 날아올랐다. 새들은 하늘에서 까맣게 모여 군무를 계속하더니 낮게 날며 모였다 흩어지곤 했다. 위로 솟아올랐다 아래로 내려오는 비행을 하며 혼란스럽게 만들고 있을 때 우리 조선인들은 일본인들이 모여 있는 장소 뒤편으로 이동했다. 일본인들은 새들을 없애려고 하늘을 향해 포를 쏘았다. 새들은 총알을 피해가면서 사방으로 흩어졌다 모였다를 반복했다. 한 마리라도 다칠까 봐 가슴이 조마조마했다. 너무 아찔해서 눈 뜨고 볼 수가 없어 잠시 눈을 감았다. 한참 뒤 포 소리와 새들의 소리가 멈추고 하늘이 조용해졌다.

눈을 떠 보니 일본인들 중에는 바다에 빠져 떠내려가는 사람도 있었고 모래사장에 피를 흘리며 누워 있는 사람도 있었다. 새들이 한바탕 군무를 벌이며 일본인들의 정신을 어지럽히는 동안 우리 편이 일본 진영의 뒤쪽을 기습 공격한 것이다. 방금 벌어진 일이 꿈만 같았다.

어디서 숨어 있었는지 손에 태극기를 든 사람들이 만세를 부르며 바닷가 모래사장에 모였다. 나도 왼손으로는 새봄이의 손을 잡고 오른손으로는 태극기를 들고 할머니를 따라갔다. 순간 앞에선 독립군들이 손에 태극기를 들고 사람들을 향해 손을 번쩍 올렸다.

"만세!"

"만세!"

"만세!"

사람들도 그들을 따라 손을 들어 우렁찬 목소리로 만세를 불렀다. 나도 힘차게 태극기를 흔들며 만세를 외쳤다.

울릉도에서 온 사람들이 다시 집으로 돌아가기 위해 배를 타고 있었다.

"설희야, 이제 우리도 타자."

나는 새봄이 손을 잡고 할머니를 따라 배에 올랐다. 독도에 사는 사람들이 배를 향해 손을 흔들어 주었다. 등에 봇짐을 지고 있는 낯익은 아저씨의 모습이 눈에 들어왔다. 약장수였다. 그는 나를 발견하고 배로 뛰어왔다.

"안나야!"

나는 얼른 할머니 뒤로 몸을 숨겼다.

"안나, 이놈아, 이 아저씨가 너를 잃어버리고 얼마나 찾아 헤맸는지 알아? 어떻게 된 거냐?"

"아저씨가 강릉에서 내리시기에."

"이놈아, 강릉에서 배 타고 간다고 했잖니."

할머니가 약장수를 바라보고 있다가 말을 꺼냈다.

"설희야, 안나는 뭐고, 이 사람은 뉘신데 그러냐?"

할머니에게 안나라고 불리게 된 사연과 온성 이야기를 들려주었다.

"아이구! 이 양반이 우리 은인이구먼! 고맙습니다. 고맙습니다."

할머니는 몇 번씩이나 머리를 숙이며 약장수에게 인사를 했다. 할머니가 우리 집에 가서 밥이라도 먹고 가라고 했지만 급하게 갈 곳이 있다고 떠났다. 약장수가 배에서 내리자마자 출발 신호가 들렸다. 나는 태극기를 접다 말고 말했다.

"근데 할머니, 이 태극기는 다른 태극기와 왜 달라?"

"아이고, 잃어버리지 않고 잘 간직해 왔구나. 그 태극기는 할아버지 유품인데 그걸 가지고 있는 사람들은 의형제란다. 고구려의 사신인 청룡, 백호, 주작, 현무가 그들의 호야."

"그래서 우리 할아버지가 백호구나!"

"그렇지. 지금은 의형제분들이 모두 돌아가시고 집안에서 후손들이 이 태극기를 간직하고 있는 거지. 그분들은 사신인 청룡의 파랑, 백호의 흰색, 주작의 빨강, 현무의 검정 색이 들어가 있는 태극기를 걸고 나라의 독립을 꼭 이루어 내자고 맹세했던 것이란다."

대 한 독 립

이 글씨는 의형제가 맹세를 다짐하기 위해 피로 쓴 혈서라고 했다. 울릉도로 돌아오니 모든 것이 평화로웠다.

"할머니, 내일은 바닷가에 나가 볼까?"

"바닷가에 나가서 놀고 싶니?"

"응. 어렸을 때 놀던 곳이라서."

"그래, 이 할미도 오랜만에 한번 나가 보자."

"어릴 때 함께 놀았던 친구들은 모두 잘 살고 있나? 선희는 못 봤어?"

단짝처럼 함께 붙어 다니며 놀았던 선희만 또렷이 생각날 뿐 다른 친구들은 아련한 추억으로만 기억되었다.

"이 할미가 들어왔을 때 이미 전에 살던 사람들은 거의 떠나고 새 사람들이 들어와 살고 있더구나."

친구들은 어디서 어떻게 살고 있을지 궁금했다.

"어여 자고 내일 아침 일찍 일어나서 나가 보자."

나는 친구들을 생각하며 잠이 들었다.

새봄이가 먼저 일어나 나를 흔들어 깨웠다.

"언니, 빨리 일어나."

"우리 새봄이가 언니보다 먼저 일어났네?"

새봄이가 내 품속으로 쏙 들어왔다. 우리는 바로 일어나 샘에 나가 함께 씻었다. 할머니는 그동안 주먹밥을 준비했다.

"자, 이제 나가자!"

나는 주먹밥 뭉치를 들고 새봄이의 손을 잡고 나갔다. 소풍을 가는 것같이 설레었다. 10리를 걸어 바닷가로 나갔다. 바닷바람이 차가웠다. 내 목에 둘렀던 목도리를 풀어 새봄이에게 감아 주었다. 새가 하나둘씩 하늘을 날고 있었다. 그러더니 새들이 모두 바다로 들어갔다. 한참 뒤에는 바다가 새까매졌다. 새들이 먹이를 잡고 있는 것 같았다. 새봄이는 모래 장난을 하며 놀고 있었다.

"어? 혹시 바이칼틸?"

가까이 날아온 새를 보니 얼굴에 태극 모양이 있었다. 너무 반가워 나도 모르게 소리가 커졌다.

"할머니, 저 새가 무슨 새인지 알아?"

"가창오리지. 독도에서 일본 몰아내는 데 저 새들이 한몫했잖아."

"그럼, 그 새들이 바로 바이칼틸? 반가운 나의 벗. 바이칼틸, 고마워!"

"저 새들 아니었으면 큰일 날 뻔했어."

"저 새들은 먼 북쪽 시베리아에서 추위를 피해 따뜻한 남쪽으로 와서 겨울을 보내고 간댔어."

"멀리서 온 귀한 손님들이구나."

나는 반가워서 바이칼틸들에게 손을 흔들어 주었다. 그 아기새는 저 무리에 속해 있을까? 연해주에서 만난 바이칼틸이 생각났다. 내 앞에서 먹이를 쫓던 바이칼틸은 하늘을 비상하더니 무리들에게로 날아갔다. 연해주에서 중앙아시아 카자흐스탄, 중국 하얼빈, 조선의 북쪽 마을 온성 할머니 집을 거쳐 이곳 울릉도까지의 여정이 주마등처럼 뇌리를 스쳐 갔다.

우리는 모래사장 위에 앉아서 주먹밥을 먹었다. 새봄이는 주먹밥 반쪽을 먹고 일어나 모래사장 가운데로 달려가 모래 놀이를 했다.

"할머니! 언니! 이리 와 봐."

새봄이가 모래성을 쌓아 놓고 소리쳤다.

"와! 멋지다!"

나는 뛰어가 박수를 쳐 주었다. 새봄이가 나를 올려다보고 활짝 웃었다. 그러더니 갑자기 벌떡 일어나 거북이처럼 느릿느릿 걸어오는 할머니에게로 달려가 할머니 손을 끌며 걸어왔다. 나는 새봄이가 쌓아 놓은 모래성 옆에 앉았다.

강설희

모래성 옆에 내 이름을 새겨 보았다. 카자흐스탄에서 불렸던 이름 언년이, 생체 실험장에서 불렸던 18번이란 이름, 하얼빈 브로에 카페에서부터 집으로 돌아오기 전까지 줄곧 불렸던 안나라는 가짜 이름들이 떠올랐다. 내 진짜 이름을 써 놓고 보니 가슴이 벅찼다. 그것은 내 힘으로 되찾은 나의 이름이었다. 그 옆에 가족의 이름을 적었다.

강설희, 강백호, 이한순, 강철기, 김영순, 강설국, 강새봄

'강설희'라는 이름에 동그라미를 그렸다.

"이것은 나."

낯선 손이 '강설국'이라는 이름에 동그라미를 그렸다.

"이것은 동생."

나는 일곱 사람의 이름을 동그라미로 묶었다.

"이것은 나의 가족."

이름들 위로 가족의 얼굴이 하나씩 하나씩 지나갔다. 가족들 속에서 내가 환하게 웃고 있었다.

"이것은 우리 대한민국."

낯선 손이 가족 이름 옆에 태극기를 펼쳐 놓았다. 나라를 되찾았으니 나라 이름이 새롭게 바뀔 거라고 했다. 새봄이의 소리가 들렸다.

"새야, 안녕!"

뒤돌아보니 새봄이가 하늘을 향해 두 손을 흔들며 소리치고 있었다. 하늘에서는 바이칼틸이 멋지게 군무를 펼치고 있었다. 나도 다가가 새봄이 옆에 서서 그들을 향해 손을 흔들어 주었다.

"안녕, 바이칼틸! 잊지 않을게."

작가의 말

15년 전 쯤 고려인 강제 이주 열차를 배경으로 단편 소설 초고 작업을 끝낸 뒤 하얼빈에 다녀온 적이 있다. 시간을 내서 731부대와 안중근의사기념관, 러시아 거리, 소피아 성당 등을 둘러보는데 문득 단편 소설 속 고려인들이 떠올랐다. 그들이 농사를 지을 수 없는 중앙아시아 황무지로 쫓겨나 먹고살 길이 막막했을 때 731부대에서는 끔찍하고도 무서운 일이 벌어지고 있었다는 사실을 깨달았기 때문이다. 강제 이주 열차 안에 있었던 주인공 설희가 어떤 사연으로 인해 하얼빈으로 갔을 수도 있겠구나 하는 생각이 스쳐 지나가면서 머릿속에 장편 서사가 그려졌다. 설희가 연해주에서 하얼빈을 거쳐 조선 고향까지 돌아오는 긴 시간 동안 벌어진 일들은 일제 강점기 나라 잃은 억울함과 맞닿아 있다.

고려인들이 어떤 이유로 강제 이주 열차에 태워졌는지, 또 그들이 농사짓기 힘든 불모지에서 황무지를 개척하여 농사를 지으며 고통의 세월을 보내고 있을 때 하얼빈 731부대와 일제의 세상이 되어 버린 조선에서는 어떤 일이 벌어지고 있었는지 그 아픈 우리의 역사를 설희가 걸어온 길을 통해 청소년들과 함께 되새김하고 싶었다. 소설에서 등장하는 인물들은 모두 가상의 인물들이지만 실제로 존재했을 법한 인물들이다. 설희가 중앙아시아 허허벌판에 홀로 떨어져 의지했던 바이칼틸은 한국에서는 가창오리, 북한에서는 반달오리, 태극오리라고 부르고 있다.

엄마에게서 일제 강점기 때 일본의 횡포를 피해 만주로 건너가 사업을 하면서 독립군에게 자금을 지원했다던 외할아버지 이야기를 듣고 한동안 가슴이 먹먹했던 적이 있다. 해방 후에야 주검으로 돌아온 외할아버지처럼 어쩔 수 없이 만주, 하얼빈, 중앙아시아 등에서 살다가 고국으로 돌아오지 못하고 가족들 가슴에 한으로 묻힌 사람들이 얼마나 많을까?

달력의 열두 달 중에는 우리 한국만이 가지고 있는 슬픈 달과 기쁜 달이 있다. 민족상잔의 6·25 전쟁을 겪었던 슬픈 6월과 광복의 기쁨을 나눴던 8월이다. 역사 속에서 같은 민족끼리 혈투를 벌인 3년의 시간에 씁쓸하기도 하고, 36년의 긴 세월동안 나라 없이 고통을 받으면서 지냈을 선조들을 생각하면 가슴이 아려오기도 한다.

일제 강점기에는 10대 청소년들이 독립운동과 의병에 가담하여 나라를 되찾기 위해 애쓰기도 하고, 위안부와 강제 징용에 끌려가 희생자가 되기도 했다. 또한 6·25 전쟁 때는 10대 학도의 용병들이 용감하게 적군과 맞서 싸우기도 했다. 이렇게 우리 역사 속에서 10대들이 스스로 앞장서서 적과 싸우기도 하고 희생양이 되기도 한 것은 그만큼 젊음과 패기가 넘치는 특권층이었기 때문이라 생각한다.

만 18세들이 처음으로 21대 국회의원선거에 참여하면서 자신의 의지를 당당하게 밝히는 것을 라디오에서 듣고 현재의 역사를 살아가는 청소년들이 위대하다는 생각이 들었다. 공부도 때가 있다는 말이 있듯이 힘을 쓰는 것도 때가 있는 것 같다. 10대의 넘쳐 나는 힘을 나라를 위해 써 보는 것은 어떨까 하고 생각해 본다.

이 소설을 통해 나라를 잃은 삶이 얼마나 잔혹한지 간접 체험할 수 있으면 좋겠다.

2020년 7월에

이주현 서재에서 쓰다